SV

Band 1561 der Bibliothek Suhrkamp

Peter Bichsel
Eigentlich möchte Frau Blum den Milchmann kennenlernen

Geschichten

Erweiterte Neuausgabe

Herausgegeben und mit einem Nachwort
von Andreas Mauz und Beat Mazenauer

Suhrkamp

Erstveröffentlichung des Originalbands 1964 im Walter-Verlag Olten;
1993 als Band 1125 der Bibliothek Suhrkamp

2. Auflage 2025

Erste Auflage der erweiterten Neuauflage 2025
Originalausgabe

Umschlaggestaltung: Willy Fleckhaus
Satz: Satz-Offizin Hümmer GmbH, Waldbüttelbrunn
Druck: Pustet, Regensburg
Printed in Germany
ISBN 978-3-518-22561-5

Suhrkamp Verlag GmbH
Torstraße 44, 10119 Berlin
info@suhrkamp.de
www.suhrkamp.de

Eigentlich möchte Frau Blum den Milchmann kennenlernen

21 Geschichten

STOCKWERKE

Behelfsmäßig kann man sich ein Haus vorstellen, ein Haus mit vier Stockwerken, mit einer Treppe, die sie verbindet und trennt, mit einem Ziegeldach; ein Haus an einer Straße, auf teurem Boden hineingezwängt zwischen andere, die Fenster gegen die Straße gerichtet, den Eingang im Hinterhof.

Im Parterre würde niemand wohnen. Man hat noch nie jemanden gesehen im Parterre. Im Parterre ist dieselbe braune Tür, gesprungener Lack, Milchglasscheiben, blaugestreifte Vorhänge. Im Parterre wohnt vielleicht niemand.

Erster Stock: Braune Tür, gesprungener Lack, Milchglasscheibe. Hier wohnt jemand.

Zweiter Stock: Hier wohnt auch jemand. Und im dritten Stock wohnt jemand.

Wenn jemand auszieht, zieht jemand ein. Am ersten Tag riecht man es, riecht man die Vorliebe für Knoblauch oder den Ölgeruch des Mechanikers oder das Sägemehl des Schreiners, später vielleicht noch den Windelgeruch der Kleinen, aber dann, am dritten Tag schon, gehört der Geruch dem Haus, ist es wieder das Haus mit den vier Stockwerken.

Im zweiten Stock wohnt wieder jemand.

Die Türschildchen werden gewechselt.

Ein Telefonmonteur öffnet das Kästchen unten im Gang, ändert den Anschluß und flucht und ändert ihn noch einmal und geht.

Vielleicht wohnt im Parterre doch jemand.

Im Frühling, am 4. April zum Beispiel, wirft die Sonne eine Zeichnung auf die Treppe zwischen dem zweiten und dritten Stockwerk, es ist dieselbe wie letztes Jahr.

Das Mädchen vom dritten Stock klopft im zweiten Stock und bittet die Frau höflich und schüchtern, ob es den Ball haben dürfe, der ihm vom dritten Stock auf den Balkon des zweiten Stocks gefallen sei.

Der Dachboden ist mit Latten unterteilt, jedes Stockwerk hat ein Abteil, jedes Abteil ist mit einem Vorhängeschloß gesichert, sicher werden hier auch alte Matratzen aufbewahrt, Fotoalben und Tagebücher, Spiegel.

Jemand kehrt den Dachboden alle zwei Wochen.

Hausierer pflegen zuerst im obersten Stock zu läuten. Nachdem sie gefragt haben, ob weiter oben noch jemand wohne, gehen sie hinunter, läuten im zweiten Stock, dann im ersten, dann im Parterre. Die Hoffnung macht das Treppensteigen leichter und enttäuscht kann man nur hinuntergehen. Hausierer haben mit Häusern zu tun.

Förster haben mit dem Wald zu tun. Frauen haben mit dem Warten zu tun.

Häuser sind Häuser.

DIE MÄNNER

Sie saß da. Wenn man sie gefragt hätte, seit wann, hätte sie geantwortet: »Immer, ich sitze immer da.«

Sie wartete hier, bald auf eine Freundin, auf eine Kollegin, auf den Zug, auf den Abend.

Der Kellner lächelte vertraulich, wenn er den Kaffee brachte. Sie besaß ein rotes Portemonnaie, und es gehörte ihr so sehr, wie nur jungen Frauen ein Portemonnaie gehören kann. Es kam auch vor, daß ihr jemand den Kaffee bezahlte, aber dann kam die Freundin oder der Zug und sie bedankte sich.

Heute hatte man ihr im Büro gesagt, sie sei nett, der Chef hatte es gesagt, sie spielte mit dem Portemonnaie.

Schöne Frauen sollten nicht warten müssen, dachte man. Sie ist jung, dachte man auch. Ein bißchen verdorben, wünschte man.

Sie macht Lungenzüge, sah man. Eine Freundin hatte es sie gelehrt, wußte man.

Um halb sieben fährt der Zug. Sie sahen ihr zu, wie sie den engen Mantel aufknöpfte, auszog, sich ausschälte. Später wieder anzog, sich in ihn schmiegte, über die Hüften strich.

Sie hat einen großen Mund.

Sie hat schöne Haare.

Sie ist klein und zierlich.

Man kannte ihre Stimme: »Einen Kaffee bitte – danke schön – auf Wiedersehen.« Eine weiche Stimme.

Rehaugen.

Man hätte sie fragen können. Der Kellner fragte: »Was wünschen Sie?«

Sie ist ein kleines Mädchen, ein kleines Ding, ein Püppchen, ein Schmetterling, dachte man auch.

Man hätte sie ja fragen können.

Sie hat eine zarte Hand.

Sie wartet hier, bald auf eine Freundin, auf eine Kollegin, auf den Zug, auf den Abend.

Sie ist ein Mädchen.

Wenn man sie fragt, ist sie schon eine Frau.

BLUMEN

Dann stellte er sie sich in einem Blumenladen vor, mit grüner Schürze und Nelkenlächeln.

Er würde eintreten und fragen, ob es hier Blumen zu kaufen gebe, und sie würde erschrecken und lächeln und sagen: »Fast nur Blumen«, und er würde auch lächeln.

»Ja, ich sehe«, würde er sagen. Dann würde er fragen:

»Duften sie?«

Sie gibt keine Antwort. Sie nimmt eine gelbe Blume aus der nächsten Vase in die Hand und dreht sie zwischen Zeigefinger und Daumen.

»Was wünschen Sie?« will sie fragen, läßt es aber sein.

»Hat er gefragt, ›duften sie‹«, fragt sie sich.

»Mir wird es peinlich«, denkt sie. In Gedanken versucht sie ihm zuzuflüstern, was er zu sagen hätte:

»Sie haben viele Blumen hier.«

»Lieben Sie die roten Blumen.«

»Astern gefallen mir gut.«

»Wie heißen die Blumen.« Aber sie hat es vergessen.

»Viele Blumen haben Sie hier.« – »Ich liebe Blumen«, würde sie sagen. »Astern gefallen mir«, könnte er sagen.

»Vor allem die roten«, würde sie antworten.

Und sie weiß, daß sie duften, aber Blumen duften ganz anders, das weiß sie auch.

»Blumen duften ganz anders«, sagt sie.

Und er würde nichts sagen.

Und später würde sie fragen: »Was tun Sie hier?«, und er würde antworten: »Ich verkaufe Blumen.«

»Warum duften sie nicht?« sagt sie.

»Es sind Papierblumen.«

»Oh, sie sind schön«, flüstert sie.

»Aber sie duften nicht«, sagt er.

»Kann man den Duft nicht herstellen?« bemitleidet sie ihn.

Oder er würde sagen: »Ich stelle Papierblumen her.«

»Oh, das ist sicher schwer«, sagt sie darauf, »ich möchte das auch können, aber ich liebe Papierblumen nicht.«

»Warum stelle ich Papierblumen her?« würde er im Weggehen denken.

PFINGSTROSEN

In den Briefkasten einer alten Frau hat jemand einen Strauß Blumen gesteckt, Blumen aus einem gut gedüngten Garten, fette Pfingstrosen. Eine alte Frau hat einer alten Frau Blumen gebracht, eingewickelt in den Inseratenteil einer Zeitung, fett wie Blumenkohl und brauchbar.

Sie hat sie mühsam in die Stadt getragen, in schwarzem Mantel, Hut mit Schleier, Wollstrümpfen. »Adele wird sich freuen, Adele hat Blumen gern«, hat sie gesagt, und »Wir haben so viele in unserem Garten, wir wissen nicht, wohin damit«, und »Adele wohnt fünf Treppen hoch, ich stecke die Blumen in den Briefkasten, Adele wird sie sicher finden, Adele wird sich freuen«.

Adele war immer allein und hatte Läuse, als sie zur Schule ging, Adele ist zweiundsiebzig. Adele scherzt mit dem Milchmann und zählt das Herausgeld nach, die Milch wird teurer.

Adele bekam nie Rosen geschenkt. Rosen kosten viel und verwelken schnell. Sie hat Erfahrungen mit Geranien, sie zerkleinert Eierschalen und bewahrt sie lange in Wasser auf, in Regenwasser. Kleine Bäumchen sind die Geranien geworden, man muß von ihnen sprechen, wenn man zu Adele kommt. Sie erzählt allen, wie man sie pflegt, und sie sagt, daß ihre Mutter die schönsten im Dorfe hatte.

Adele wird sich freuen. Sie machen sich gut, die Pfingstrosen, auf dem weißen Tischtuch mit Spitzenbesatz. Prächtig sind sie geraten dieses Jahr, fleischig wie Krautstengel. Adele wird eine Zeitung unter die Vase legen, die Zeitung mit den Todesanzeigen. Adele ist eine alte Frau.

Die Nachbarin ist letzte Woche gestorben, sie war dreiundsiebzig, Jahrgang neunundachtzig, 1889. Alterskrebs, das weiß Adele. Sie fragte den Arzt.

Adele hat auch einen Franken gegeben, an den Kranz für die Nachbarin. »Die gute Seele«, hat sie gesagt, »sie hätte für mich auch einen Franken gegeben.«

Zu Adeles Beerdigung wird der Neffe aus

Aarau kommen. Ihr Neffe ist Bankbeamter in Aarau.

Und Adele ist zweiundsiebzig, Jahrgang 1890. 1900 war sie in der vierten Klasse, bei Lehrer Widmer, er hatte den Roten gern. Adele war gut im mündlich Rechnen. Von den Klassenkameraden sind viele gestorben, kürzlich die Veronika. Die andern sieht man selten. Eine kommt hie und da in die Stadt und bringt Bohnen oder einen Blumenkohl.

NOVEMBER

Er fürchtete sich und wenn er zu jemandem sagte: »Es ist kälter geworden«, erwartete er Trost.

»Ja, November«, sagte der andere.

»Bald ist Weihnachten«, sagte er.

Er hatte Heizöl eingekauft, er besaß einen Wintermantel, er war versorgt für den Winter, aber er fürchtete sich. Im Winter ist man verloren. Im Winter ist alles Schreckliche möglich, Krieg zum Beispiel. Im Winter kann die Stelle gekündigt werden, im Winter erkältet man sich. Man kann sich schützen gegen die Kälte, Halstuch, Mantelkragen, Handschuhe. Aber es könnte noch kälter werden.

Es nützt nichts, jetzt »Frühling« zu sagen. Die Schaufenster sind beleuchtet, sie täuschen Wärme vor. Aber die Kirchenglocken klirren. In den Wirtschaften ist es heiß, zu Hause öffnen die Kinder die Fenster und lassen die Wohnungstür offen, im Geschäft vergißt man seinen Hut.

Man bemerkt nicht, wie die Bäume Blätter fallen lassen. Plötzlich haben sie keine mehr. Im April haben sie wieder Blätter, im März vielleicht schon. Man wird sehen, wie sie Blätter bekommen.

Bevor er das Haus verläßt, zählt er sein Geld nach.

Schnee wird es keinen geben, Schnee gibt es nicht mehr.

Frierende Frauen sind schön, Frauen sind schön.

»Man muß sich an die Kälte gewöhnen«, sagte er, »man muß tiefer atmen und schneller gehen.« – »Was soll ich den Kindern zu Weihnachten kaufen?« fragte er.

»Man wird sich an die Kälte gewöhnen«, sagte er zum andern. »Ja, es ist kälter geworden, November«, sagte der andere.

DIE LÖWEN

Auch der Großvater wollte Dompteur werden, um all die zu ärgern, die ihm nichts zutrauten, um alle zu ärgern. Davon erzählte er nie. Er hielt sich auf einem kleinen Weiher Enten. Nun ist er tot, er trank zu viel.

Einmal in seinem Leben muß er erkannt haben, daß er kein Dompteur wird. Seit jener Stunde fand er den Eintritt in den Zirkus zu teuer.

Er heiratete ein schönes Mädchen und machte sich in einem Kalender Notizen über das Wetter, Temperatur und Windstärke. Nach seinem Tode wurde sein Geld geteilt. Nun haben alle ein Stück Großvater.

Ein Leser des Tagblattes fragte kürzlich bei der Redaktion an, ob es wohl möglich sei, mit 43 Jahren und ohne Vorkenntnisse das Flötenspiel zu erlernen. Zufälligerweise, antwortete man ihm, kenne man jemanden, der es noch mit 64 lernte, allerdings: Ausdauer, Liebe, Geduld.

Als er starb, war er niemand mehr. Er wurde kleiner, verlor die Eitelkeit, mehr und mehr den Verstand, die Kraft, das Wasser zu halten, die Fähigkeit, die Schuhe zu binden, und als er starb, war er niemand mehr. Er war tot geworden.

Im Alter besuchte er viele Beerdigungen, saß gerührt und unbeteiligt in der Kirchenbank und drehte den Hut in der Hand.

Sein Schlaf war unregelmäßig, er schlief viel und überall ein und erwachte kurz darauf wieder. Die Löwen waren aus seinen Träumen verschwunden und mit ihnen die Träume selbst. Er wußte nicht mehr, wie die schönen Mädchen sind und gab der Kellnerin zu viel Trinkgeld.

Nun ist sein Geld geteilt. Die Enkel haben die Löwen mitgenommen und sie sorgfältig unter ihren Betten versteckt.

Es war gut für ihn und für uns.

Man fragte den Großvater nie etwas, er war nicht weise geworden. Aber alt war er geworden. Das ist sehr wichtig, daß man alt wird. Es würde weh tun, die Löwen verlassen zu müssen.

Die Löwen waren leise gegangen, der Großvater bemerkte es nicht. Er ist tot, weil er zu viel trank.

MUSIKDOSEN

Einmal sagte sie: »Ich will ein Klavier«, und er wußte, daß nun bald ein schwarzes Monstrum im Zimmer stehen würde. Er sagte: »Nein, ich kaufe kein Klavier.«

Sie weinte.

»Ich will kein Klavier«, sagte er und ging zu seinen Musikdosen.

Sie waren eingeschlossen in den Geheimfächern seines Sekretärs. Niemand wußte davon. Niemand wußte, daß er stets eine auf sich trug, eine aus dunklem Holz mit geschnitzten Edelweißen. Niemand hörte sie, Musikdosen sind leise und die große Jahrmarktsorgel pflegte er mit Tüchern zu umhüllen, wenn er sie spielte. Sie stand im Keller.

Sie wollte ein Klavier haben und er kaufte ein Klavier. Er hätte ihr eine Jahrmarktsorgel kaufen können, aber er hätte sich damit verraten, sie hätte geweint, sie hätte ihn nicht mehr gegrüßt und sie wäre vielleicht nachts aufgestanden und hätte seinen Wecker zerstört um ihn zu ärgern. Bestimmt hätte sie die Geheimfächer aufgebrochen.

Sie hatte in der Schule gelernt, daß Musikdosen kitschig sind. Engländer kaufen Musikdosen, hatte man ihr gesagt. Seit man das in der Schule lernt, hatte er Geheimfächer gegen alles, was man in der Schule lernt.

Sie spielte jetzt Klavier und sie sagte: »Ich weiß, daß du Musik gern hast.« Und er hörte sie spielen und dachte, was ist eine Musikdose gegen ein Klavier.

»Ich will nicht, daß du Klavier spielst«, hätte er sagen sollen und er fürchtete, er könnte seine Musikdosen vergessen, er könnte den Schlüssel zum Sekretär verlieren, jemand könnte die Geheimfächer aufbrechen.

Vielleicht hätte er ihr davon erzählen sollen, aber sie hätte ihn zu schnell verstanden und sie hätte gesagt, sie wisse, daß er Musik gern habe.

Und er wagte immer seltener, seine Musikdosen zu spielen, er saß im Zimmer, hörte ihr zu, sah das Klavier und ihre ungeschickten Finger und abends umarmte sie ihn und sagte: »Ich weiß, daß du Musik gern hast.«

HOLZWOLLE

Nun zeigte er also seine Lichtbilder. Die Gäste schienen damit einverstanden.

Seine Frau sagte, daß sie farbig und immer eine schöne Erinnerung seien. Während die Polstergruppe umgeordnet wurde, erklärte er den Herren die Vorzüge seiner Kamera und sie schwärmte vom Meer. Dann holte er die Leinwand, drückte auf einen Knopf, und sie rollte hoch aus dem schwarzen Kasten. Dann schob er sie zurück, um den Mechanismus mit der Feder noch einmal vorführen zu können. Mit aufgestapelten Büchern brachte er den Projektor in die richtige Lage. Ein Verlängerungskabel war notwendig und lange nicht zu finden, dann suchte man nach einem Dreifachstecker.

Dann drehte man das Licht aus.

Dann sind es immer dieselben Bilder. Sehr blauer Himmel, Wolken wie Wattebäusche und hier noch einige Aufnahmen mit Madelaine.

Madelaine lacht und behauptet, sie sehe schrecklich aus auf den Bildern. Dann stellt man fest, daß die da romanisch und die vordere gotisch sei. Und alle Lichtbilder sehen aus wie Lichtbilder von griechischen Tempeln. Nach der Vorführung wird einen das Licht blenden.

Madelaine sieht wirklich schrecklich aus.

Man kann jetzt ohne weiteres die Augen schließen und an irgend etwas, an einen Teddybären, denken.

Als man ihm den Bauch aufgeschnitten hatte, sagte die Mutter: »Jetzt ist er kaputt.«

»Es ist etwas drin.«

»Das ist nur Holzwolle.«

Holzwolle entsteht in den Bären, in geschlachtete Bären verpackt man Glaswaren.

Erst Jahre später, heute vielleicht, und oft in Glaswarenhandlungen, bereut man den Mord.

Heute sind die Teddybären viel kleiner. Sie waren groß und gelb, und sie hatten etwas, das man in der Holzwolle suchte.

Jetzt ist er kaputt.

In Schneemännern muß es auch etwas haben.

Man wird es nie finden. Sobald man es sucht, ist der Schneemann keiner mehr.

So wie der Teddybär keiner mehr war.

In Glaswarenhandlungen fühlt man die Sehnsucht nach ihm.

Teddybären haben viel treuere Augen als Hunde.

»Jetzt ist er kaputt«, hatte die Mutter gesagt.

Heute machen sie Teddybären ohne Holzwolle. Bald werden die Glaswaren in Besseres verpackt.

Niemand wird dann Teddybären sezieren, in der Holzwolle wühlen und die Finger in ihre Wärme tauchen, niemand.

Und jetzt noch einige Bilder von Madelaine.

SEIN ABEND

Er versprach sich viel von seinem Begräbnis und hatte stets Wünsche für die Gestaltung der Feier. »Macht ja keine Geschichten«, erklärte er, oder er sagte zur Frau: »Weißt du, daß ich Nelken hasse, das mußt du wissen, das könnte einmal wichtig sein.«

Er war froh, daß er nicht schon vor zwei, oder vor fünf oder vor zehn Jahren gestorben war, denn vor zwei Jahren hätte man ihm noch Nelken aufs Grab gelegt, damals liebte er Nelken und vor fünf Jahren liebte er Blechmusik, und vor zehn Jahren war er noch Mitglied einer Partei.

Früher las er die Nekrologe in den Zeitungen. »Es gibt doch viele einfache und gute Menschen«, hatte er sich gedacht. Jetzt fand er die Nekrologe alle gleich und ärgerte sich über die Fotografien, die dazu veröffentlicht wurden.

Zu seiner Frau sagte er: »Ich hasse Nelken.«

Abends, wenn er von der Arbeit kam, war er müde und fand das Zimmer überheizt.

»Du rauchst zu viel«, sagte die Frau. »Du solltest dich schonen«, sagte sie auch. Er las die Zeitung.

Seine Frau erschrak oft, wenn er etwas sagte. Er faltete plötzlich die Zeitung, legte sie auf den Tisch und sagte: »Ich kann mich noch gut erinnern, wie unsere Bahn elektrifiziert wurde, ich war an der Feier, ein Bundesrat sprach.« Ein anderes Mal erzählte er vom Marconipult, das sein Vater besessen hatte, mit Kopfhörer, es war eines der ersten in der Gegend gewesen.

Was wollte sie dazu sagen. Wenn sie nichts sagte, ärgerte es ihn.

»Ich möchte, daß du von nun an ein Haushaltungsbuch führst«, sagte er.

Die Frau wußte, daß ihm sein Vorgesetzter Bühlmann verhaßt war. Davon erzählte er. Es war ihr unangenehm, wenn Bühlmann auf der Straße freundlich grüßte. Bühlmann trug einen Haarfilzhut mit grüner Kordel. Sie sagte auch: »Du siehst müde aus heute«, und wenn er darauf keine Antwort gab, sagte sie: »Du solltest vielleicht einmal zum Arzt gehen.« Oder sie sagte: »Was soll ich dir morgen kochen«, oder »Wann nimmst du deinen Urlaub?«

Seine Frau hatte das Recht, am Donnerstag ins Kino zu gehen. Gerne hätte sie ihn einmal mitgenommen und ihre Freude mit ihm geteilt, wie sie sagte. Sie war auch auf den Lesezirkel abonniert und erhielt jeden Monat ihr Buch. Wenn man ihn über die Bücher gefragt hätte, hätte er gesagt: »Goethe und so.«

Was dieser Bühlmann wohl gegen ihn haben mochte? Bühlmann war nun einmal sein Vorgesetzter.

Vielleicht war es doch nur die randlose Brille, was ihn an Bühlmann ärgerte.

»Dieser Bühlmann war auch im Kino«, sagte die Frau, als sie vom Kino kam, und Bühlmann sagte am andern Morgen: »So, wie hat Ihrer Gemahlin der Film gestern gefallen, sie hat sich wohl amüsiert.«

Das waren seine Abende. Er wußte nicht, weshalb während des ganzen Abends das Radio laufen mußte. Wenn es ihm auffiel, störte es ihn. Er drehte es ab. Wenn es nicht lief, störte es ihn. »Es ist heiß«, sagte er. »Ich habe gesagt, es sei heiß«, sagte er, schrie vielleicht. Dann betrachtete er die Frau vorwurfsvoll, dann drehte er am Radio.

Langweilige Geschichte.

»Langweilige Geschichte«, dachte er. »Er liest die Zeitung«, dachte sie. »Du darfst dich von Bühlmann nicht unterkriegen lassen«, sagte sie.

»Bühlmann kann Englisch.«

»Ich gehe jetzt schlafen«, sagte er mehrmals, bevor er schlafen ging.

DER MILCHMANN

Der Milchmann schrieb auf einen Zettel: »Heute keine Butter mehr, leider.« Frau Blum las den Zettel und rechnete zusammen, schüttelte den Kopf und rechnete noch einmal, dann schrieb sie: »Zwei Liter, 100 Gramm Butter, Sie hatten gestern keine Butter und berechneten sie mir gleichwohl.«

Am andern Tag schrieb der Milchmann: »Entschuldigung.«

Der Milchmann kommt morgens um vier, Frau Blum kennt ihn nicht, man sollte ihn kennen, denkt sie oft, man sollte einmal um vier aufstehen, um ihn kennenzulernen.

Frau Blum fürchtet, der Milchmann könnte ihr böse sein, der Milchmann könnte schlecht denken von ihr, ihr Topf ist verbeult.

Der Milchmann kennt den verbeulten Topf, es ist der von Frau Blum, sie nimmt meistens 2 Liter und 100 Gramm Butter. Der Milchmann kennt

Frau Blum. Würde man ihn nach ihr fragen, würde er sagen: »Frau Blum nimmt 2 Liter und 100 Gramm, sie hat einen verbeulten Topf und eine gut lesbare Schrift.« Der Milchmann macht sich keine Gedanken, Frau Blum macht keine Schulden. Und wenn es vorkommt – es kann ja vorkommen –, daß 10 Rappen zu wenig daliegen, dann schreibt er auf einen Zettel: »10 Rappen zu wenig.« Am andern Tag hat er die 10 Rappen anstandslos und auf dem Zettel steht: »Entschuldigung.« ›Nicht der Rede wert‹ oder ›keine Ursache‹, denkt dann der Milchmann und würde er es auf den Zettel schreiben, dann wäre das schon ein Briefwechsel. Er schreibt es nicht.

Den Milchmann interessiert es nicht, in welchem Stock Frau Blum wohnt, der Topf steht unten an der Treppe. Er macht sich keine Gedanken, wenn er nicht dort steht. In der ersten Mannschaft spielte einmal ein Blum, den kannte der Milchmann, und der hatte abstehende Ohren. Vielleicht hat Frau Blum abstehende Ohren.

Milchmänner haben unappetitlich saubere Hände, rosig, plump und verwaschen. Frau Blum denkt daran, wenn sie seine Zettel sieht. Hoffentlich hat er die 10 Rappen gefunden. Frau Blum möchte nicht, daß der Milchmann schlecht von ihr denkt, auch möchte sie nicht, daß er mit der Nachbarin ins Gespräch käme. Aber niemand kennt den Milchmann, in unserm Quartier niemand. Bei uns kommt er morgens um vier. Der Milchmann ist einer von denen, die ihre Pflicht tun. Wer morgens um vier die Milch bringt, tut seine Pflicht, täglich, sonntags und werktags. Wahrscheinlich sind Milchmänner nicht gut bezahlt und wahrscheinlich fehlt ihnen oft Geld bei der Abrechnung. Die Milchmänner haben keine Schuld daran, daß die Milch teurer wird.

Und eigentlich möchte Frau Blum den Milchmann gern kennenlernen.

Der Milchmann kennt Frau Blum, sie nimmt 2 Liter und 100 Gramm und hat einen verbeulten Topf.

HERR GIGON

Amen.

Die Frauen verließen das Zimmer. Sie hüstelten, ordneten das Halstuch, zogen den Mantel zurecht, warteten am Ende der Bankreihe auf die Nachbarin, lächelten ihr zu, bildeten Gruppen und flüsterten. Einige hatten ihre Männer mitgebracht, die gingen hinter ihnen und hielten ihre Hüte an der Krempe, bereit, sie aufzusetzen. Herr Gigon stand vor den Bänken, die Bibel in den gefalteten Händen, er nickte leise den offenen Gesichtern zu. Seine Worte sanken wieder in ihn zurück.

Er blickte über die leeren Bänke, deren dunkelbraunes Holz tiefe Kerben von Taschenmessern sich langweilender Konfirmanden trug. Er blieb lange stehen vor diesen Bänken, sie waren tröstlich. Erst dann wandte er sich den Zurückgebliebenen zu, beantwortete ihre Fragen und war dankbar, drückte ihre Hände, schaute in ihre Augen, dankte für ihr Kommen und blickte dann auch ihnen nach.

Nun war das Zimmer wieder grün, trostlos grün mit speckiger Ölfarbe verstrichen, ein Stehpult, das Harmonium, die Bänke, die vier Evangelisten von Dürer, vier Fenster, die steil nach oben führten und auch tags nicht viel Licht einließen, ein Kellergeschoß unter der Kirche, nebenan die Teeküche für den Missionsbazar und die Bänke, die dunkelbraunen Bänke mit ihren Kerben, ihren Herzen, ihren Namen. Und er setzte sich, deckte mit einer Hand Stirn, Augen und Nase, liebkoste sein Gesicht, sank in sich zusammen und sprach: Herr.

Er betastete sein Gesicht und wußte nicht, ob er noch betete. In seiner Rechten hielt er die Bibel, sie lag leicht in seiner Hand, fast entglitt sie ihm. Mit Daumen und Mittelfinger betastete er die Augenkugeln unter den Lidern, strich über den Nasenrücken, wußte nicht, ob er noch betete und setzte kein Amen hinzu. Dann, dazwischen, sagte er noch einmal »Herr«.

»Herr schicke mir Trinker, schicke mir Dirnen, Diebe, auf daß ich sie dir zuführen kann«, war das Gebet auf der Predigerschule. Jetzt hieß sein Gebet »Herr«, und nicht einer unter seinen Zuhörern war nicht frömmer als er. Er war da, ihnen zu sagen: »So fromm seid ihr, so fromm wie die Frommen.« Er sprach in ihre rosigen Gesichter, in ihre gleichnisfreudigen Seelen, er hielt ihnen das schwarze Buch beschwörend vor die Augen und rief: »Hier drin steht das Leben«, und sie nickten wie Musterschüler und auf ihren Gesichtern leuchtete das »Ja, lieber Herr Gigon«.

Und er beantwortete ihre Fragen.

Er schaute ihnen nach und nickte.

Er setzte sich.

Herr.

Und er stand auf, ging zum Stehpult, öffnete die Opferbüchse, entnahm seiner Mappe ein Leinensäcklein, leerte den Inhalt der Büchse hinein, verstaute Säcklein und Bibel in seiner Mappe, ergriff sie mit beiden Händen, blieb noch einmal stehen, schaute noch einmal auf die Bänke und sagte etwas.

DIE BEAMTEN

Um zwölf Uhr kommen sie aus dem Portal, jeder dem nächsten die Tür haltend, alle in Mantel und Hut und immer zur gleichen Zeit, immer um zwölf Uhr. Sie wünschen sich, gut zu speisen, sie grüßen sich, sie tragen alle Hüte.

Und jetzt gehen sie schnell, denn die Straße scheint ihnen verdächtig. Sie bewegen sich heimwärts und fürchten, das Pult nicht geschlossen zu haben. Sie denken an den nächsten Zahltag, an die Lotterie, an das Sporttoto, an den Mantel für die Frau und dabei bewegen sie die Füße und hie und da denkt einer, daß es eigenartig sei, daß sich die Füße bewegen.

Beim Mittagessen fürchten sie sich vor dem Rückweg, denn er scheint ihnen verdächtig und sie lieben ihre Arbeit nicht, doch sie muß getan werden, weil Leute am Schalter stehn, weil die Leute kommen müssen und weil die Leute fragen müssen. Dann ist ihnen nichts verdächtig, und ihr Wissen freut sie, und sie geben es sparsam weiter. Sie haben Stempel und Formulare in ihrem Pult, und sie haben Leute vor den Schaltern. Und es gibt Beamte, die haben Kinder gern und solche, die lieben Rettichsalat, und einige gehn nach der Arbeit fischen, und wenn sie rauchen, ziehen sie meist die parfümierten Tabake den herberen vor, und es gibt auch Beamte, die tragen keine Hüte.

Und um zwölf Uhr kommen sie alle aus dem Portal.

VOM MEER

Dann wäre noch zu sagen, daß es mir hier sehr gut gefällt, ich lege auch eine Ansichtskarte bei, dort wo das Kreuz steht, wohne ich, im ersten Stock, das Fenster mit den geschlossenen Läden. Hier ist es schon sehr heiß, gestern stieg das Thermometer über 30 Grad. Gut, daß immer ein leichter Wind vom Meer her weht.

Ein Brief, geschrieben am 19. Mai, irgendwo steckengeblieben und hier am 25. eingetroffen, fremde Briefmarke, verwischter Stempel und auch ein Geruch; Geruch, wie ihn Briefe haben. Noch im Treppenhaus reißt sie ihn auf, blättert ihn durch, bleibt vor der Wohnungstür stehen, liest den Satz fertig, greift blind nach der Türfalle. Jetzt ist der Umschlag zerrissen, der Absender unleserlich, Via Alberti, vielleicht.

Vielleicht ist das Meer im Frühling nicht so lächerlich. Gut, daß immer ein leichter Wind vom Meer her weht. Der 19. war ein Sonntag, dolce far niente, Brief geschrieben, am Montag auf die Post gebracht, gut, daß immer ein leichter Wind vom Meer her weht. »Gut« und einige Sätze über Palmen, Pizzas und Venedig. Und unter der Adresse steht »Svizzera« in großen Buchstaben, zweimal unterstrichen.

Wer sammelt Briefmarken?

Sie faltet den Brief, faltet ihn noch einmal, faltet ihn zu einem kleinen Paket, öffnet ihn, streicht ihn glatt und denkt nach. Heute hat es geregnet, sie versucht, den Brief wegzulegen, versucht, sich Italien vorzustellen – Espresso mit einem Glas Wasser, Acqua, Campari und ein Tellerchen mit Oliven – zündet sich dann endlich eine Zigarette an, faltet den Brief wieder.

Und er schreibt »gut«, gut, daß immer ein leichter Wind vom Meer her weht. Er ist in seinem Zimmer, ein Sonntag irgendwo am Meer, Mittelmeer, Via Alberti sehr wahrscheinlich, schreibt diesen Brief, der heute am 25. angekommen ist, den der Postbote mit den Zeitungen, den Drucksachen, den Rechnungen in den Briefkasten gesteckt hat, diesen Brief, der nicht verlorengegangen ist, der eine vollständige Adresse trägt, der einen Empfänger gefunden hat, einen Brief vom Meer.

Er schreibt, was man vom Meer schreibt und daß es blau sei und er schreibt »herzliche Grüße« wie man »herzliche Grüße« schreibt und er entschuldigt seine Schrift, entschuldigt sein langes Schweigen und schreibt, daß es gut sei, daß immer ein leichter Wind vom Meer her wehe.

Dann, später einmal, wirft der Postbote einen Brief in den Kasten, und unter der Adresse steht »Svizzera«, und es ist seine Schrift, und es ist angenehm am Meer, es gefällt ihm gut.

DAS MESSER

Der Mann wurde verhaftet, dann verurteilt. Dann stand er vor einem Beamten des Gefängnisses und leerte die Taschen. Der Beamte schrieb: »Ein rotes Taschenmesser mit zwei Klingen, einem Zapfenzieher und einem Schraubenzieher.«

Der Mann sagte: »Ein schlechter Sommer.« Er war gewohnt, mit den Leuten zu sprechen.

»In den Strafbüchern gibt es keine Tarife für Sommer«, hätte der Beamte sagen können. Er sagte nichts. Er wußte, daß die Neuen sprechen wollen. Das Reglement verbietet nicht, Antwort zu geben, aber alle Neuen wollen sprechen.

Vor dem Gefängnis spielte eine Blasmusik jene Melodie, die einem bekannt vorkommt. Die Melodie kam, warf einige Töne direkt ins Fenster, wurde leiser und verschwand. Da lächelte der Mann.

Für den Beamten war das etwas ganz anderes.

Er arbeitete von 7 Uhr bis 12 Uhr und von 2 Uhr bis 6 Uhr, eine lange Arbeitszeit.

»Auch ein Sommer kann alles entschuldigen«, dachte vielleicht jetzt der Mann. Er lächelte wieder.

Der Beamte sprach leise vor sich hin: »Ein rotes Taschenmesser mit zwei Klingen, einem Zapfenzieher und einem Schraubenzieher.« Er schaute zu dem Mann auf.

»Richtig«, sagte der Mann, vielleicht hätte er nichts sagen sollen. Er hätte nichts sagen sollen. Er hätte nichts tun sollen, er hätte sich nicht erwischen lassen sollen.

Viele andere haben nichts getan.

Dann hat Marschmusik auch etwas Peinliches. Das einzige, was man tun könnte, wäre stehenbleiben; denn geht man ohne zu denken, geht man im Takt. Wenn man denkt, geht man gegen den Takt. Die andern werden es so oder so bemerken. Die andern möchten auch stehenbleiben, man kann nicht unbemerkt stehenbleiben. Man kann nicht.

Der Beamte arbeitete von 7 bis 12 und von 2 bis 6. Neun Stunden sind eine lange Zeit.

Der Beamte war freundlich und hatte eine Familie, draußen vor dem Gefängnis, und einen Sohn, der in der Musik des Dorfes Trompete spielte, und überhaupt war es für ihn überhaupt etwas ganz anderes. Es ist nicht angenehm, jemandem ein Messer abzunehmen, das Messer auf einer Liste zu registrieren und es in der Schachtel Nummer 834 zu deponieren.

Das wußte der Beamte und das wußte der Mann. Und der Mann sagte: »Ein schlechter Sommer«, er wollte dem Beamten nicht böse sein.

SAN SALVADOR

Er hatte sich eine Füllfeder gekauft.

Nachdem er mehrmals seine Unterschrift, dann seine Initialen, seine Adresse, einige Wellenlinien, dann die Adresse seiner Eltern auf ein Blatt gezeichnet hatte, nahm er einen neuen Bogen, faltete ihn sorgfältig und schrieb: »Mir ist es hier zu kalt«, dann, »ich gehe nach Südamerika«, dann hielt er inne, schraubte die Kappe auf die Feder, betrachtete den Bogen und sah, wie die Tinte eintrocknete und dunkel wurde [in der Papeterie garantierte man, daß sie schwarz werde], dann nahm er seine Feder erneut zur Hand und setzte noch seinen Namen Paul darunter.

Dann saß er da.

Später räumte er die Zeitungen vom Tisch, überflog dabei die Kinoinserate, dachte an irgend etwas, schob den Aschenbecher beiseite, zerriß den Zettel mit den Wellenlinien, entleerte seine Feder und füllte sie wieder. Für die Kinovorstellung war es jetzt zu spät.

Die Probe des Kirchenchores dauert bis neun Uhr, um halb zehn würde Hildegard zurück sein. Er wartete auf Hildegard. Zu all dem Musik aus dem Radio. Jetzt drehte er das Radio ab.

Auf dem Tisch, mitten auf dem Tisch, lag nun der gefaltete Bogen, darauf stand in blauschwarzer Schrift sein Name Paul.

»Mir ist es hier zu kalt«, stand auch darauf.

Nun würde also Hildegard heimkommen, um halb zehn. Es war jetzt neun Uhr. Sie läse seine Mitteilung, erschräke dabei, glaubte wohl das mit Südamerika nicht, würde dennoch die Hemden im Kasten zählen, etwas müßte ja geschehen sein. Sie würde in den »Löwen« telefonieren.

Der »Löwen« ist mittwochs geschlossen.

Sie würde lächeln und verzweifeln und sich damit abfinden, vielleicht.

Sie würde sich mehrmals die Haare aus dem Gesicht streichen, mit dem Ringfinger der linken Hand beidseitig der Schläfe entlang fahren, dann langsam den Mantel aufknöpfen.

Dann saß er da, überlegte, wem er einen Brief schreiben könnte, las die Gebrauchsanweisung für den Füller noch einmal – leicht nach rechts drehen – las auch den französischen Text, verglich den englischen mit dem deutschen, sah wieder seinen Zettel, dachte an Palmen, dachte an Hildegard.

Saß da.

Und um halb zehn kam Hildegard und fragte: »Schlafen die Kinder?«

Sie strich sich die Haare aus dem Gesicht.

DAS KARTENSPIEL

Herr Kurt sagt nichts. Er sitzt da und schaut dem Spiel zu. Die vier legen ihre Karten auf den Tisch, die Asse und die Könige, die Achter und die Zehner, die roten zu den roten und die schwarzen zu den schwarzen.

Herr Kurt läßt sich sein Bier temperieren. Sein Glas steht in einem verchromten Gefäß mit heißem Wasser. Von Zeit zu Zeit hebt er es vorsichtig, läßt das Wasser abtropfen. Oft stellt er es zurück, ohne zu trinken; denn er schaut dem Spiel zu.

Herr Kurt hat seinen Platz, niemand weiß seit wann und weshalb. Aber um fünf Uhr ist er da, setzt sich oben an den Tisch, grüßt, wenn er gegrüßt wird, bestellt sein Bier und man bringt ihm das heiße Wasser dazu.

Um fünf Uhr sind auch die andern da, die vier, und spielen Karten, nicht immer dieselben vier, am Montag meist jüngere, am Dienstag Geschäftsleute, am Freitag vier ehemalige Schulkollegen, Jahrgang 1912, und an den übrigen Wochentagen irgendwelche vier. Oben am Tisch sitzt immer Herr Kurt. Er trinkt ein Bier und sitzt bis sieben Uhr da. Ist das Spiel spannend, bleibt er eine Viertelstunde länger, später geht er nie.

Im Restaurant sitzen auch andere, aber kein anderer kommt jeden Tag. Selbst der Wirt ist nicht jeden Abend da und die Kellnerin hat am Mittwoch ihren freien Tag.

Herr Kurt macht niemanden neugierig. Trotzdem hat man ihn in den Jahren kennengelernt. In der Agenda des Wirts steht unter dem 14. Juli »Herr Kurt«. An diesem Tag, es ist sein Geburtstag, bekommt Herr Kurt sein Gratisbier. Der Wirt kann sich nicht erinnern, woher er Herrn Kurts Geburtstag kennt. Man würde Herrn Kurt nicht danach fragen. Nach dem Spiel werfen die vier ihre Karten auf den Tisch, nehmen die Kreide und zählen zusammen, die Verlierer bezahlen die Zeche. Dann ereifern sie sich über Spielregeln und Taktik, machen sich gegenseitig Vorwürfe und rechnen sich aus, was geschehen wäre, wenn man den König später und den Zehner früher ausgespielt hätte. Herr Kurt nickt ab und zu oder schüttelt den Kopf. Er sagt nichts.

Wenn Herr Kurt die Regeln des Kartenspiels nicht kennen würde, sähe er sein Leben lang nur rote und schwarze Karten. Aber er kennt die Karten und er kennt das Spiel. Es ist wahrscheinlich, daß er es kennt.

Bei Herrn Kurts Beerdigung wird man alles über ihn erfahren, die Todesursache, sein Alter, seinen Geburtsort, seinen Beruf. Man wird vielleicht überrascht sein. Und später wird, weil es unvermeidlich ist, ein Spieler sagen, daß er Herrn Kurt vermisse. Aber das ist nicht wahr, das Spiel hat ganz bestimmte Regeln.

DER TIERFREUND

Jetzt wäre wieder Gelegenheit, die Geschichte über den Tierfreund zu schreiben, die Geschichte über den Mann mit den beiden Hunden, die Geschichte über den Mann, der mit den Hunden spazierengeht.

Doch lassen wir die Gelegenheit vorübergehn, die Geschichte hat Zeit und später wird es wohl auch viel mehr Tierfreunde geben, die Geschichte wird später, wenn es nur noch Tierfreunde gibt, viel unverständlicher sein und zu keinen Mißverständnissen führen.

Man kann nicht mit gutem Gewissen für den Tierfreund, für unseren Tierfreund mit den zwei Hunden, schreiben und wenn man gegen den Tierfreund schreibt, macht man sich verdächtig.

Unser Tierfreund sollte ein Mann sein, dessen Alter man nicht kennt, ein Mann mittleren Alters. Und unser Tierfreund sollte überzeugt sein, daß es gut tut, mit Hunden umzugehen. Und er sollte gerecht sein und die Hunde keineswegs verwöhnen. Ein stiller Spaziergänger sollte er sein und ein Spaziergänger mit einem Ziel. Er sollte den Hunden nichts Heißes zu fressen geben und auf Kalorien und Vitamine achten. Das wäre die Voraussetzung für diese Geschichte.

Ganz nebenbei wäre der Tierfreund verheiratet und es wäre kein Mann, der mit Hunden spricht und mit Menschen selten. Er wäre ein Freund Englands und ein Feind des Rindviehs, der Stechmücken, der Zecken und der andern Hunde.

Wenn mir keine Geschichte einfällt, suche ich die über den Tierfreund. Es scheint mir, daß es meine Geschichte wird, daß sie sich nicht vermeiden läßt, denn mich lieben die Hunde. Oft tun sie mir einen Gefallen. Doch ich fürchte mich vor ihnen. Vielleicht quäle ich deshalb Katzen, vor Katzen fürchte ich mich nicht.

Der Tierfreund wäre mir zwar böse und ich schreibe die Geschichte über ihn recht ungern. Es ist mir unangenehm, daß ich eine Geschichte und ausgerechnet diese schreiben muß, daß ich mich gezwungen fühle. Deshalb lasse ich noch einmal die Gelegenheit vorübergehn, und ich denke oft daran, einen Hund zu kaufen; damit sollte ich eigentlich meine Pflicht getan haben.

Es schien ihr schon viel, daß, wenn man auf eine Taste des Klaviers schlägt, ein Ton aus dem Kasten antwortet.

Ihre Mutter hatte allerdings spielen können. Sie hatte ihr damals auch versprochen, es ihr beizubringen. Dann war die erste Stunde von einem Tag auf den andern verschoben worden, und sie hatte das schwarze Klavier mehr und mehr verehrt. Der Staub hatte sich in seinem Glanz gespiegelt, ein Hauch hatte genügt, ihn wegzublasen.

Nun schien das Klavier klebrig zu sein. Sein Glanz ging mit der Mutter weg, der Staub war bösartig geworden und man mußte mit Tüchern gegen ihn kämpfen. Man mußte es mit weißen Tüchern decken oder mit gelben Tüchern abstauben. Seine Tasten waren gelb und seine Töne verstimmt und schöner geworden.

Es war nun ein altes Klavier, das von Tag zu

Tag wuchs und nirgends mehr Platz finden wollte. Und es machte seine Umgebung, Tische, Stühle und Teppiche lächerlich. Jetzt endlich war es Mutters Klavier, damals hatte sie es noch nicht so genannt. Sie hätte es nicht weggegeben, sie hätte es nicht verkauft, sie hätte es wohl nicht einmal spielen lassen.

Als ihr der Notar das Klavier zugeteilt hatte, war sie so gut wie verlobt gewesen. Das hatte der Mutter vieles leichter gemacht. Es war ihr nicht aufgefallen, daß der Bruder keinen Anspruch auf das Klavier erhoben hatte, trotzdem er verheiratet war und Kinder hatte.

Sie hatte nun das Klavier und die Erinnerung an das Klavier. Sie bekämpfte mit Tüchern den Staub. Überhaupt gab sie viel auf die Sauberkeit ihrer Wohnung, auf den Glanz des Parketts, auf die Unverrückbarkeit der Möbel, auf die Lage der Teppichfransen.

Auch sonst begann sie ihrer Mutter zu gleichen, wurde dick und bekam ein liebes Gesicht, wie man es in Kirchenbänken antrifft, ein Gesicht, das ihren Neffen bald verhaßt war.

Der Bruder besuchte sie nie.

Im Januar bekam sie einige mit viel Widerwillen geschriebene Dankbriefe der Neffen für die Weihnachtsgeschenke, »die uns gefallen«. Sie hatte eine Abscheu vor Männern und sie bewunderte ihre Mutter, die so viel Geduld für den Vater aufgebracht hatte. Sie beschwerte sich bei den Nachbarn über den Lärm der Kinder der andern Nachbarn. Und sie hatte Kinder gern.

Vor Jahren half sie im Kinderhort aus, aber ihre Nerven ertrugen es nicht. Im Mütterverein nahm niemand daran Anstoß, daß sie ledig war. Sie freute sich auf den Ausflug des Müttervereins, auf den Autocar, auf die Süßigkeiten.

Beim Hausmeister beklagte sie sich von Zeit zu Zeit über die mangelhafte Heizung und wenn man von ihr sprach, sagte man: »Sie hätten ihre Mutter kennen sollen.«

In ihrem Kehrichteimer lagen zerlesene illustrierte Zeitschriften. Man wußte von ihr, daß sie früh zu Bett ging, daß sie früh aufstand, daß sie ihre Steuern rechtzeitig bezahlte.

Sie war nicht einsam, erfüllte ihr Leben mit

Betriebsamkeit, Zeitschriften und Geschwätz, mit Pünktlichkeit und Liebe, und sie strickte Mützen und Pullover, die niemand tragen mochte. Auf dem Wohltätigkeitsfest des Müttervereins kaufte sie so viele Tombolalose, daß ihr die große Zierpuppe mit den echten Haaren und den Schlafaugen und dem Namen Marilyn fast sicher sein mußte und sie gewann sie auch. Jetzt saß die Marilyn auf dem Sofa und hatte auch ein liebes Gesicht.

Sie löste Preisausschreiben, kaufte eine Tafel Speisefett der Marke so und so, suchte den Namen der griechischen Friedensgöttin, erriet die Zahl der möglichen Teilnehmer und träumte von der versprochenen Reise nach Palma de Mallorca.

Und sie fand die Dinge nett, allerliebst und reizend.

Und ihr Bruder besuchte sie nie.

Und ihre Neffen schrieben ihr mit Widerwillen.

Und sie glich mehr und mehr ihrer Mutter.

Sie war auf die Sauberkeit ihrer Wohnung bedacht. Sie war auch sechsundfünfzig Jahre alt, sie saß in ihrer Wohnung und man hörte sie nie, nicht umhergehen, nicht eine Melodie summen, nicht die Vorhänge ziehen. Wenn sie gesungen hätte, das ahnte man, hätte sie eine sehr hohe Sopranstimme gehabt, kindlich und alt zugleich.

Sie gehörte nun bald zu jenen Leuten, denen man, besonders im Winter und besonders in der Adventzeit, eine Freude machen sollte; zu den Leuten, denen man Geschichten vorliest, ein Liedchen singt und eine Kerze schenkt, oder denen man das Holz spaltet und den Teppich klopft.

Und man hörte sie nie eine Melodie summen.

Und wenn sie auf Mutters Klavier einen Ton anschlug, dann geschah das zufällig, dann geschah das zum Beispiel, wenn sie mit dem gelben Tuch über die Tasten fuhr.

DIE TOCHTER

Abends warteten sie auf Monika. Sie arbeitete in der Stadt, die Bahnverbindungen sind schlecht. Sie, er und seine Frau, saßen am Tisch und warteten auf Monika. Seit sie in der Stadt arbeitete, aßen sie erst um halb acht. Früher hatten sie eine Stunde eher gegessen. Jetzt warteten sie täglich eine Stunde am gedeckten Tisch, an ihren Plätzen, der Vater oben, die Mutter auf dem Stuhl nahe der Küchentür, sie warteten vor dem leeren Platz Monikas. Einige Zeit später dann auch vor dem dampfenden Kaffee, vor der Butter, dem Brot, der Marmelade.

Sie war größer gewachsen als sie, sie war auch blonder und hatte die Haut, die feine Haut der Tante Maria. »Sie war immer ein liebes Kind«, sagte die Mutter, während sie warteten.

In ihrem Zimmer hatte sie einen Plattenspieler, und sie brachte oft Platten mit aus der Stadt, und sie wußte, wer darauf sang. Sie hatte auch einen Spiegel und verschiedene Fläschchen und Döschen, einen Hocker aus marokkanischem Leder, eine Schachtel Zigaretten.

Der Vater holte sich seine Lohntüte auch bei einem Bürofräulein. Er sah dann die vielen Stempel auf einem Gestell, bestaunte das sanfte Geräusch der Rechenmaschine, die blondierten Haare des Fräuleins, sie sagte freundlich »Bitte schön«, wenn er sich bedankte.

Über Mittag blieb Monika in der Stadt, sie aß eine Kleinigkeit, wie sie sagte, in einem Tearoom. Sie war dann ein Fräulein, das in Tearooms lächelnd Zigaretten raucht.

Oft fragten sie sie, was sie alles getan habe in der Stadt, im Büro. Sie wußte aber nichts zu sagen.

Dann versuchten sie wenigstens, sich genau vorzustellen, wie sie beiläufig in der Bahn ihr rotes Etui mit dem Abonnement aufschlägt und vorweist, wie sie den Bahnsteig entlang geht, wie sie sich auf dem Weg ins Büro angeregt mit Freundinnen unterhält, wie sie den Gruß eines Herrn lächelnd erwidert.

Und dann stellten sie sich mehrmals vor in dieser Stunde, wie sie heimkommt, die Tasche und ein Modejournal unter dem Arm, ihr Parfum; stellten sich vor, wie sie sich an ihren Platz setzt, wie sie dann zusammen essen würden.

Bald wird sie sich in der Stadt ein Zimmer nehmen, das wußten sie, und daß sie dann wieder um halb sieben essen würden, daß der Vater nach der Arbeit wieder seine Zeitung lesen würde, daß es dann kein Zimmer mehr mit Plattenspieler gäbe, keine Stunde des Wartens mehr. Auf dem Schrank stand eine Vase aus blauem schwedischem Glas, eine Vase aus der Stadt, ein Geschenkvorschlag aus dem Modejournal.

»Sie ist wie deine Schwester«, sagte die Frau, »sie hat das alles von deiner Schwester. Erinnerst du dich, wie schön deine Schwester singen konnte.«

»Andere Mädchen rauchen auch«, sagte die Mutter.

»Ja«, sagte er, »das habe ich auch gesagt.«

»Ihre Freundin hat kürzlich geheiratet«, sagte die Mutter.

Sie wird auch heiraten, dachte er, sie wird in der Stadt wohnen.

Kürzlich hatte er Monika gebeten: »Sag mal etwas auf französisch.« – »Ja«, hatte die Mutter wiederholt, »sag mal etwas auf französisch.« Sie wußte aber nichts zu sagen.

Stenografieren kann sie auch, dachte er jetzt. »Für uns wäre das zu schwer«, sagten sie oft zueinander.

Dann stellte die Mutter den Kaffee auf den Tisch. »Ich habe den Zug gehört«, sagte sie.

Ein Mann verliebt sich in ein Mädchen. Das Mädchen weiß, daß der Mann verliebt ist. Der Mann beschaut sich ihren Gang und ihre Beine, erkundigt sich nach ihrem Namen.

Er sagt zu seiner Frau: »Sie ist hübsch.« Und seine Frau bestätigt es. »Sie ist freundlich«, sagt er.

Wenn seine Frau lächelt, erscheint ein weißer Zahnstreifen zwischen ihren Lippen. Dann erstirbt das Lächeln und der Streifen bleibt.

Das Mädchen lächelt nicht.

Der Mann betrachtet sich im Spiegel.

In Locarno hält er es nur eine Woche aus. In der Apotheke ist eine Verkäuferin, die dem Mädchen gleicht. Sie trägt eine weiße Schürze. Nach einer weiteren Woche kehrt der Mann zurück, nicht ohne im Zug ein Gespräch mit dem Nachbar anzuknüpfen.

Inzwischen hat das Mädchen eine Stelle in London angetreten. Der Mann hört davon.

Er beschließt, im Herbst wieder nach Locarno zu reisen. Seine Frau besteht seit langem darauf, einen Fernsehapparat anzuschaffen. Man berechnet einen Kostenaufwand von etwas über tausend Franken, Antenne und Montage eingeschlossen. Im Herbst geht er nach Locarno. Wählt absichtlich ein anderes Hotel am andern Ende des Orts. In der Apotheke ist ein anderes Mädchen. Es trägt eine weiße Schürze.

Eine ernsthafte Erkrankung der Frau zwingt ihn, seinen Urlaub abzubrechen.

Man hat jetzt das Fernsehen.

Das Mädchen hat sich in London die Haare färben lassen.

Der Mann schreibt nach Jahren wieder einmal seinem Bruder in Amerika, wartet wochenlang auf Antwort.

Inzwischen ist eine andere Partei stark geworden.

Inzwischen ist es Frühling geworden.

Einmal mit Fremdsprachen angefangen, will nun das Mädchen auch noch Spanisch lernen.

In den letzten drei Wochen hat er es zwei Mal gesehen.

Die Haarfarbe enttäuschte ihn.

Jetzt wird sie nach Barcelona gehen.

Der Mann macht seine Reservation im Hotel rückgängig. Das Geschäft nimmt ihn jetzt voll und ganz in Anspruch. Man empfiehlt ihm, im Winter einmal nach Davos zu reisen. Auch für Leute, die keinen Wintersport trieben, biete Davos viele Reize und Schönheiten.

Die Frau wird ihn nach Davos begleiten.

Eine Postkarte aus Amerika liegt im Briefkasten. Der Bruder macht viele Rechtschreibefehler.

Er nimmt mit seiner Frau die Sonntagsspaziergänge wieder auf. Er bricht sich dabei einen Zweig von einem Baum.

Sein Sohn erklärt, daß er dieses Jahr seinen Urlaub im Mai nehmen wolle. Mit einem Kollegen zusammen macht er eine Reise nach Spanien.

Die Frau hat sich schon jetzt bei der Reiseagentur Prospekte von Davos geholt. »Es sind zwar alles Winterprospekte«, entschuldigt sich das Fräulein.

Braungebrannt und mit einer geschmuggelten Flasche Chartreuse kehrt der Sohn aus Spanien zurück.

ERKLÄRUNG

Am Morgen lag Schnee.

Man hätte sich freuen können. Man hätte Schneehütten bauen können oder Schneemänner, man hätte sie als Wächter vor das Haus getürmt.

Der Schnee ist tröstlich, das ist alles, was er ist – und er halte warm, sagt man, wenn man sich in ihn eingrabe.

Aber er dringt in die Schuhe, blockiert die Autos, bringt Eisenbahnen zum Entgleisen und macht entlegene Dörfer einsam.

Varianten

Sie erschrak, als er fragte, ob es hier Blumen zu kaufen gebe, und dann erschrak sie noch einmal, diesmal lächelnd, sie lächelte über ihr Erschrecken. »Fast nur Blumen«, sagte sie.

»Ja«, sagte er, nun seinerseits erschrocken, und lächelte auch, »ich sehe.«

Und sie erwartete das Kompliment, das sie täglich zu hören bekam, aber der Vergleich mit den Blumen blieb aus. Sie war schön. Sie nahm eine der Blumen aus der nächsten Vase in die Hand und drehte sie zwischen Zeigefinger und Daumen.

»Duften sie?«, fragte er.

Doch sie gab keine Antwort, das war kein Kunde, das fühlte sie und sie wünschte, dass jetzt keine Kunden kämen. Sie stellte die Blume wieder in die Vase zurück und bemerkte, dass sie den Namen der gelben Blume vergessen hatte. Der Chef war schon das letzte Mal wütend geworden, als sie ihn danach gefragt hatte.

»Was wünschen Sie?«, wollte sie fragen, ließ es aber sein und war froh darüber. Sie wusste nun, dass man das nicht fragen konnte, nie mehr fragen konnte, dachte sie fast.

»Wie oft hat er jetzt gefragt ›duften sie?‹«, ging es ihr durch den Sinn und sie wusste es nicht, denn es klang immer nach »Duften sie, duften sie …«, so wie alles nachklingt, wenn man es nur einmal und dann nichts mehr sagt.

»Mir wird es peinlich«, dachte sie, aber peinlich wurde es ihr nicht.

In Gedanken versuchte sie ihm zuzuflüstern, was er zu sagen hätte:

»Sie haben viele Blumen hier.«

»Lieben Sie die roten Blumen?«

»Astern gefallen mir gut.«

»Wieviel kosten sie?«, nein, das konnte er nicht fragen, aber vielleicht:

»Wie heißen die Blumen?« Aber sie wusste es nicht.

»Viele Blumen haben Sie hier.« »Ich liebe Blumen«, hätte sie darauf gesagt. »Astern gefallen mir«, hätte er sagen können. »Vor allem die roten«, hätte sie geantwortet.

Und immer noch klang das »Duften sie« nach. Sie wusste, dass sie duften, aber Blumen duften ganz anders, das wusste sie auch.

»Blumen duften ganz anders«, sagte sie und wusste nicht mehr, ob sie es gesagt hatte, denn seine Frage klang weiter und das hätte sie nicht getan, hätte sie etwas dazwischen gesagt.

»Sind Sie schon lange hier?«, fragte sie, als ob sie die gewesen wäre, die gekommen war.

»Ich verkaufe Blumen«, sagte er.

»Warum duften sie nicht?«, sprach sie.

»Es sind Papierblumen.«

»Oh, sie sind schön«, flüsterte sie.

»Aber sie duften nicht«, stellte er fest.

»Kann man den Duft nicht herstellen?«, bemitleidete sie ihn.

Aber er hatte ja gar nichts gesagt.

»Ich stelle Papierblumen her«, hörte sie jetzt.

»Oh, das ist sicher schwer«, interessierte sie

sich, »ich möchte das auch können, aber ich liebe Papierblumen nicht.«

»Warum stelle ich Papierblumen her«, dachte er im Weggehen.

SCHNEE WIRD ES KEINEN GEBEN [NOVEMBER]

Er fürchtete sich vor dem Winter und wenn er sagte, zu einem Kollegen, zu jemandem auf der Straße, zum Tischnachbar in der Wirtschaft: »Es ist kälter geworden«, und der andere sagte: »Ja, November«, dann hätte er etwas wie Erbarmen oder Trost erwartet.

»Es ist kälter geworden, es hat Nebel«, das betrachteten die andern als Höflichkeitsformel.

»Bald ist Weihnachten«, sagte er dann, sich selbst tröstend.

Er hatte Heizöl eingekauft, er besaß einen Wintermantel, er war versorgt für den Winter, aber er fürchtete sich.

Er wusste, dass man im Winter verloren ist. Im Winter ist alles Schreckliche möglich, Krieg zum Beispiel. Im Winter kann die Stelle gekündigt werden, im Winter erkältet man sich.

Man kann sich schützen gegen die Kälte, Halstuch, Mantelkragen, Handschuhe. Aber es könnte noch kälter werden.

»Ich freue mich auf den Frühling«, das sollte man jetzt sagen, aber das durfte man nicht und auch nicht: »Bald ist Weihnachten.«

Die Schaufenster scheinen jetzt heller, sie täuschen, aber die Kirchenglocken klirren. In den Wirtschaften ist es heiß, zu Hause öffnen die Kinder die Fenster und lassen die Wohnungstür offen, im Geschäft vergisst man seinen Hut.

Man bemerkt nicht, wenn die Bäume Blätter fallen lassen, plötzlich haben sie keine mehr, dann weiß man, dass sie sie fallen gelassen haben, gesehen hat man es nicht.

Im April haben sie wieder Blätter, im März vielleicht schon. Man wird sehen, wie sie Blätter bekommen.

Die Verkäuferinnen sind freundlicher, bewusst freundlich, weil es ihnen jetzt Mühe macht.

Immer im Winter weiß man, dass man Geld bei sich hat oder dass man keines bei sich hat.

Schnee wird es keinen geben, Schnee gibt es nicht mehr.

Frierende Frauen sind schön, Frauen sind schön.

»Man muss sich an die Kälte gewöhnen«, sagte er sich, »man muss tiefer atmen und schneller gehen.«

»Was soll ich den Kindern zu Weihnachten kaufen?«, fragte er sich.

»Man wird sich an die Kälte gewöhnen«, sagte er zum Nachbar.

»Ja, es ist kälter geworden, November«, sagte der andere.

MUSIKDOSEN [1]

Vielleicht sollte man ihr das Klavierspielen verbieten, ganz grundlos verbieten. Es besteht zwar die Möglichkeit, dass sie wirklich musikalisch ist. Man sollte ihr einmal drei Töne vorsingen und sie nachsingen lassen. Ich kann nicht singen. Ich habe kein Vertrauen zu den andern. Die andern würden ihr drei Töne vorsingen, sie würde sie nachsingen, und mir würde man sagen, man kann es ihr nicht verbieten. Mir könnte man alles sagen, ich kann nicht singen, ich kann ihnen nicht einmal gestehen, dass ich Musikdosen liebe, und auch sie weiß nicht, dass die Geheimfächer meines Sekretärs voller Musikdosen sind. Auch sie weiß nicht, dass ich stets eine auf mir trage, eine aus dunklem Holz mit geschnitzten Edelweißen. Das weiß niemand, das hört niemand, es sind leise Musikdosen. Und die große Jahrmarktorgel pflege ich mit Tüchern zu umhüllen, wenn ich sie spiele. Sie steht im Keller. Eigentlich hätte ich auch sie gern in den Geheimfächern meines Sekretärs, es wären dann alle beisammen und eigentlich würde ich auch die Orgel gern mittragen.

Sie wollte ein Klavier haben, und ich habe ein Klavier gekauft. Ich hätte ihr eine Jahrmarktorgel kaufen können, aber ich hätte damit mich und meine Geheimfächer verraten, und sie hätte geweint, sie hätte mich nicht mehr gegrüßt, und sie wäre vielleicht nachts aufgestanden und hätte meinen Wecker zerstört, um mich zu ärgern. Sie hätte bestimmt die Geheimfächer aufgebrochen.

Sie hat in der Schule gelernt, dass Musikdosen kitschig sind. Die Engländer kaufen Musikdosen, hatte man ihr gesagt. Seit man das in der Schule lernt, habe ich Geheimfächer in meinem Sekretär, Geheimfächer gegen alles, was man in der Schule lernt. Seit man das in der Schule lernt, bin ich lächerlich – auf meiner Lieblingsdose sind geschnitzte Edelweiße.

Sie spielt nun einmal Klavier, tröstet man mich.

Was ist eine Musikdose gegen ein Klavier? Musikdosen haben einen empfindlichen Mechanismus. Die Federn springen und die Lamellen brechen. Und zudem lernt man in der Schule, dass sie kitschig sind und auch, dass man etwas werden müsse.

Ich wage nicht zu sagen, was ich geworden bin, und ich wage nicht, die Musikdosen zur Reparatur zu bringen, ich wage nicht einmal zu gestehen, dass ich Musikdosen liebe.

Und inzwischen spielt sie Klavier. Später werden sie einmal meine Geheimfächer auftrennen und sich der Musikdosen schämen, oder ich werde sie vorher weggeworfen haben.

Und inzwischen spielt sie Klavier.

MUSIKDOSEN [II]

Sie wollte ein Klavier haben, und ich habe ein Klavier gekauft. Ich hätte ihr eine Jahrmarktorgel kaufen können, aber ich hätte mich damit verraten, und sie hätte geweint, sie hätte mich nicht mehr gegrüßt, und sie wäre vielleicht nachts aufgestanden und hätte meinen Wecker zerstört, um mich zu ärgern. Sie hätte bestimmt meine Geheimfächer aufgebrochen.

In ihnen bewahre ich meine Musikdosen auf. Ich liebe Musikdosen. Sie weiß nicht, dass ich stets eine auf mir trage, eine aus dunklem Holz mit geschnitzten Edelweißen. Das weiß niemand, das hört niemand, es sind leise Musikdosen. Die Jahrmarktorgel pflege ich mit Tüchern zu umhüllen, wenn ich sie spiele. Sie steht im Keller. Eigentlich hätte ich auch sie gern in den Geheimfächern meines Sekretärs, es wären dann alle beisammen.

Die Musikdosen werden elend teuer. Oft

glaubte ich, der Händler nütze meine Leidenschaft aus. Musikdosen werden rar. Man sammelt jetzt Musikdosen.

Sie wird nicht mehr sagen können, dass Musikdosen kitschig sind. Sie hat das in der Schule gelernt, Engländer kaufen Musikdosen. Seit man das in der Schule lernt, habe ich Geheimfächer in meinem Sekretär, Geheimfächer gegen alles, was man in der Schule lernt.

Der Händler sagt jetzt: »Hier haben wir eine besonders schöne Dose aus Ste. Croix. Handgearbeiteter Tonkamm.« Man sammelt also jetzt Musikdosen.

Man hätte ihre Musikalität prüfen müssen. Man hätte ihr einige Töne vorsingen sollen und sie nachsingen lassen. Ich kann nicht singen. Klavierlehrer behaupten, alle seien musikalisch.

Sie spielt also Klavier. Man kann es ihr nicht verbieten, sagt man mir.

Was soll ich ihr von meinen Musikdosen erzählen, was ist eine Musikdose gegen ein Klavier? Musikdosen haben einen empfindlichen Mechanismus. Die Federn springen und die Lamellen brechen. Und zudem lernt man in der Schule, dass sie kitschig sind.

Neuerdings bezeichnet nun der Händler Musikdosen mit Edelweißen als wertlos. »Sie sind wertlos«, sagt er und erzählt mir von einem Closettpapierhalter, der eine Melodie spiele, wenn man einen Coupon abreiße.

»Im Berner Oberland verkauft man solches Zeug«, sagt er.

Dieses Modell interessiert mich, überhaupt werde ich den Laden meines Händlers vermeiden.

In Ste. Croix sei ein Spielautomaten-Museum, sagte er. Er zeigte mir Abbildungen und war froh, mit einem Fachmann darüber sprechen zu können.

Ich liebe nun einmal Musikdosen.

Ich hätte ihr gern eine Jahrmarktorgel gekauft, doch sie wollte ein Klavier.

Alle andern Gäste waren damit einverstanden, dass er jetzt die Lichtbilder zeigen sollte.

Die Polstergruppe wurde gruppiert. Die Leinwand aufgestellt, dann wieder zusammengerollt, um das raffinierte System mit der Feder und dem Druck auf den Knopf noch einmal vorführen zu können. Das Anschlusskabel war zu kurz. Irgendwo musste noch eine Verlängerung sein, ein Dreifachstecker, ein Lexikon, um den Projektor auf die richtige Höhe zu bringen. Der Tisch wurde weggerückt, Stühle wurden geholt – noch hätte man sagen können: »Lieber ein anderes Mal«, dann war es zu spät, »Lieber ein anderes Mal« zu sagen.

Immer dasselbe.

Immer weiß man dasselbe zum voraus. Sehr blauer Himmel, Wolken wie Wattebäusche, Wellen und Gischt. Für heute die Reise nach … und hier noch einige Bilder von Madelaine. Und dann erinnern alle Lichtbilder an Lichtbilder von griechischen Tempeln. Nachher wird einen das Licht blenden, das weiß man zum voraus, und dass er sagen wird, das sei nur ein Drittel seiner Bilder und dass ihm die Frau zustimmen wird.

Und dann Holzwolle – Holzwolle schaut man an, in Glaswarenhandlungen zum Beispiel. Holzwolle vergisst man nicht. Holzwolle quillt aus den Bäuchen sezierter Teddybären. »Jetzt ist er kaputt«, hatte die Mutter gesagt. Viel später, in Glaswarenhandlungen etwa, bereut man es dann und in Glaswarenhandlungen entdeckt man den Drang, einen Teddybären zu kaufen.

Dann auch Schneemänner zu bauen.

Und Schneemänner zu zerstören und Teddybären aufzuschneiden und ihr Holzwollegekröse nach einem Herz zu durchstöbern.

Und noch einmal die Freude und den Schrecken, die Angst und das Elend sich durchfahren zu lassen, wenn sie sagt: »Jetzt ist er kaputt.« »Ich werde dir keinen Neuen kaufen«, hätte sie sagen wollen.

Gelb war er.

Heute gibt es keine so großen mehr.

Holzwolle entsteht in den Teddybären und in geschlachtete Bären verpackt man das Glas.

An irgend einer Weltausstellung wollte niemand etwas von Teddybären wissen und der Erfinder war dem Weinen nahe. Da kam, es war wohl der letzte Tag der Ausstellung, ein Amerikaner und kaufte alle für eine Tischdekoration für den amerikanischen Präsidenten Teddy Roosevelt und dann hießen sie Teddybären.

Diese Kirche ist gotisch, sie hat Spitzbogen. Sie ist noch schöner als die, die ich vorhin gezeigt habe.

Dann drehte man das Licht an und einer versuchte zu applaudieren.

EIN ABEND [SEIN ABEND]

Vorerst wäre von ihm zu sagen, dass er sich seit seiner Kindheit mit seinem Begräbnis befasste. Er versprach sich viel davon und hatte stets Wünsche für die Gestaltung der Feier. »Macht ja keine Geschichten«, dachte er, oder er sagte zur Frau: »Weißt du, dass ich Nelken hasse, das musst du wissen, das könnte einmal wichtig sein.«

Er war froh, dass er nicht schon vor zwei, oder vor fünf oder vor zehn Jahren gestorben war, denn vor zwei Jahren hätte man ihm noch Nelken aufs Grab gelegt, damals liebte er Nelken und vor fünf Jahren liebte er Blechmusik und vor zehn Jahren war er noch Mitglied einer Partei, deren Ansichten ihm heute ein Greuel waren. Vor zehn Jahren hätte man von ihm als einem Kämpfer für das und das gesprochen, vor zehn Jahren wäre es sein Wunsch gewesen, dass der Präsident der Partei an seinem Grab gesprochen hätte.

Wenige oder niemand wussten von seinen Gedanken. Sie hätten sie nur missverstanden, denn er wollte nicht sterben. Wie älter er wurde, wie weniger wollte er das und auch seine Wünsche wurden zaghafter. Er wusste, dass es nächste Woche andere sein werden.

Früher hatten ihn die Nekrologe in den Zeitungen fasziniert. »Es gibt doch viele einfache und gute Menschen«, hatte er sich gedacht. Jetzt fand er die Nekrologe alle gleich und ärgerte sich über die Fotografien, die dazu veröffentlicht wurden.

Zu seiner Frau sagte er: »Ich hasse Nelken.« Abends, wenn er von der Arbeit kam, war er stets müde und hatte einen heißen Kopf und fand das Zimmer überheizt.

»Du rauchst zu viel«, sagte die Frau. »Du solltest dich schonen«, sagte sie auch.

Er las die Zeitung: Er las den Leitartikel.

Seine Frau erschrak oft, wenn er etwas sagte. Er faltete plötzlich die Zeitung, legte sie auf den Teetisch und sagte: »Ich mag mich noch gut erinnern, wie unsere Bahn elektrifiziert wurde, ich war an der Feier, ein Bundesrat sprach.« Ein anderes Mal erzählte er vom Marconipult, das sein Vater besessen hatte, mit Kopfhörer, es war eines der ersten in der Gegend gewesen.

Was wollte sie dazu sagen? Wenn sie nichts sagte, ärgerte es ihn.

»Ich möchte, dass du von nun an ein Haushaltungsbuch führst«, erklärte er.

Die Frau wusste nicht genau, in was seine Arbeit im Büro bestand. Sein Vorgesetzter Bühlmann war ihm verhasst. Davon erzählte er hie und da. Es war ihr unangenehm, wenn Bühlmann auf der Straße freundlich grüßte. Bühlmann trug einen grauen Haarfilzhut mit grüner Kordel.

Sie sagte auch: »Du siehst müde aus heute«, und wenn er darauf keine Antwort gab, sagte sie: »Du solltest vielleicht einmal zum Arzt gehen.« Oder sie sagte: »Was soll ich dir morgen kochen«, oder: »Wann nimmst du deinen Urlaub.«

Seine Frau hatte das Recht, am Donnerstag ins Kino zu gehen. Gerne hätte sie ihn einmal mitgenommen und ihre Freude mit ihm geteilt, wie sie sagte. Sie war auch auf den Lesezirkel abonniert und erhielt jeden Monat ihr Buch. Wenn man ihn über die Bücher gefragt hätte, hätte er gesagt: »Goethe und so.«

Was dieser Bühlmann wohl gegen ihn haben mochte?

Bühlmann war nun einmal sein Vorgesetzter.

Vielleicht war es doch nur die randlose Brille, was ihn an Bühlmann ärgerte.

»Dieser Bühlmann war auch im Kino«, sagte die Frau etwa, wenn sie vom Kino kam und Bühlmann sagte am andern Morgen: »So, wie hat Ihrer Gemahlin der Film gestern gefallen, sie hat sich wohl amüsiert?«

Das waren seine Abende. Er wusste nicht, weshalb während des ganzen Abends der Radio laufen musste. Wenn es ihm auffiel, störte es ihn. Er drehte ihn ab. Wenn er nicht lief, störte es ihn. »Es ist heiß«, sagte er. »Ich habe gesagt, es sei heiß«, sagte er, schrie er vielleicht. Dann betrachtete er die Frau vorwurfsvoll. Dann drehte er am Radio.

Langweilige Geschichte!

»Langweilige Geschichte«, dachte er. »Er liest

die Zeitung«, dachte sie. »Du darfst dich von Bühlmann nicht unterkriegen lassen«, tröstete sie.

»Bühlmann kann Englisch.«

– –

»Ich gehe jetzt schlafen«, sagte er mehrmals, bevor er schlafen ging.

DIE BEAMTEN

Um 12 Uhr kommen sie aus dem Portal, jeder dem nächsten die Tür haltend, alle in Mantel und Hut und immer zur gleichen Zeit, immer um 12 Uhr. Sie wünschen sich, gut zu speisen, sie grüßen sich, sie tragen alle Hüte.

Und jetzt gehen sie schnell, denn die Straße scheint ihnen verdächtig, nicht gefährlich und nicht geheimnisvoll, nur verdächtig. Sie bewegen sich heimwärts und versuchen dem Gedanken, das Pult nicht geschlossen zu haben, Meister zu werden. Dann denken sie auch an Geld, an den nächsten Zahltag, an die Lotterie, an das Sporttoto, an den Mantel für die Frau und dabei bewegen sie die Füße und hie und da denkt einer, dass es eigenartig sei, dass sich die Füße bewegen, doch er schämt sich des Gedankens.

Beim Mittagessen aber fürchten sie sich vor dem Rückweg, denn er scheint ihnen verdächtig und sie möchten nicht erkannt werden.

Die Arbeit lieben sie nicht, hier unterscheiden sie sich nicht von andern. Doch scheint sie ihnen wichtig, weil sie sie bekommen und weitergeben müssen. Und weil Leute kommen und fragen müssen, und dann scheint ihnen nichts verdächtig, und ihr Wissen freut sie, denn sie haben ein Wissen, das sie nicht weitergeben, das ein Geheimnis ist, das Geheimnis in ihrem Pult. Und sie öffnen die Schalter und schließen die Schalter.

Und hie und da ist einer dabei ohne Hut.

Weitere Geschichten

DIE GESCHICHTE

»Glauben Sie diese Geschichte ja nicht«, rief sie ihm noch nach, »hören Sie.«

Später, als die Geschichte längst wahr geworden war, behauptete er, die Warnung nicht gehört zu haben.

»Ich habe Sie gewarnt«, sagte sie, »ich habe Ihnen noch nachgerufen, damals war noch Zeit, jetzt ist sie wahr geworden, jetzt muss auch ich die Geschichte glauben.«

»Sprechen Sie nicht davon, das ist keine Geschichte für Frauen, das ist eine obszöne Geschichte.«

»Am Anfang war es eine schöne Geschichte, jetzt ist es eine wahre Geschichte, hätten Sie doch auf mich gehört.«

»Es war Lärm auf der Straße.«

»Wir sitzen in der Klemme.«

»Wir könnten uns jetzt du sagen, ich heiße Andreas.«

»Namen sind hässlich«, sagte sie, »ich möchte nicht heißen, aber sag mir Esther, und mit der Geschichte will ich nichts zu tun haben, ich will nicht, dass es unsere Geschichte ist.«

Was wollte er noch sagen? Jetzt saßen sie in der Klemme mit der Geschichte, schon morgen könnten all die andern davon wissen.

»Wir müssen uns klar werden«, sagte Andreas, »wir müssen uns alles noch einmal durch den Kopf gehen lassen, vielleicht ist die Geschichte noch nicht wahr, vielleicht kann man sie abstreiten. Sprich zu niemandem davon, niemand soll wissen, dass es unsere Geschichte ist.«

»Wir haben sie im guten Glauben erzählt«, sagte sie, »sie ist wahr geworden, weil bei dir die Geschichten wahr werden, du hast sie geglaubt.«

»Das ist nun mal so«, sagte er, »das lässt sich nicht wieder gut machen, auf der Straße war wirklich zu viel Lärm, ich habe dich wirklich nicht gehört.«

»Vergessen wir die Geschichte«, schlug sie vor.

»Sie bleibt aber wahr, ich habe sie vergessen,

sie bleibt aber wahr. Wenn es zum Prozess kommt, sind wir verloren.«

Esther erschrak.

»Werden sie es zum Prozess kommen lassen?«, fragte sie.

»Sie suchen uns schon«, stellte er fest, »ich heiße jetzt Paul, nenne mich ja nicht Andreas, sie suchen Andreas.«

»Wir müssen einen Advokaten nehmen«, Silvia atmete bei diesem Gedanken auf. Sie nannte sich nun Silvia.

Paul aber wusste, dass die Advokaten Geschichten ablehnen. Er erklärte es Silvia.

»Wir sind verloren«, sagte er, »wir müssen zusammenhalten, wir könnten heiraten.«

»Nein«, sie zitterte, »wir müssen jetzt tapfer sein.«

Der Polizist war freundlich. Die Anklage lautete auf »wahre Geschichte«.

Andreas, so hieß es nun wieder, saß in der Zelle. Er hatte keine Hoffnungen mehr. Es gab keinen Ausweg.

»Sie können wählen«, erklärte der Richter, »wahre Geschichte oder Lüge.«

Esther entschloss sich für »wahre Geschichte«. Verzagt zog Andreas die Lüge vor.

Sie wurden getrennt gehängt.

DIE VERWANDTSCHAFT

Die ganze Verwandtschaft missachtete, dass die Großmutter noch lebte und man begann zu erben. Die Großmutter freute sich, man brachte Blumen und Kränze. Im Hause wurde geflüstert, den Kindern erzählte man Geschichten von Engeln und verteilte ihnen Haselnüsse aus einer mit Blumen bemalten Blechbüchse.

Die Frauen drängten sich in die Küche mit dem Vorwand, ein leckeres Essen, sie sagten wirklich »lecker«, zu bereiten, die Männer standen im Garten, um Erfahrungen auszutauschen. In der Küche nahm man sich gegenseitig die Kaffeemühle aus der Hand und im Garten beobachtete man, wie man beobachtete. Die notwendigsten Reparaturen am Hause wurden verschieden beurteilt, der Voranschlag schwankte zwischen 6000 und 20000 Franken. Man sprach aber nicht davon, sondern rühmte viel mehr die Rosen, den Blumenkohl und den günstigen Sommer.

Um die Großmutter herum saßen nur die Kinder und hörten ihr zu und ärgerten sie. Sie allein mussten nicht befürchten, dass sie noch lebte, man hatte ihnen gesagt, dass sie tot sei, sie glaubten es und fürchteten sich nicht davor.

Ein Kreis von Blumen und Kindern um die Großmutter schützte nun die Verwandtschaft vor ihrem Leben.

Die Großmutter aber teilte alles, was sie hatte, unter die Kinder aus und die Verwandtschaft hatte das Nachsehen.

Oder: Im Garten lebte ein Wurzelmännchen, dem die Großmutter als kleines Mädchen einen Dorn aus dem Fuß gezogen hatte, dieses Männchen verzauberte die Verwandtschaft und jetzt steht sie als Steinsäulen in Küche und Garten.

Oder: Da begann die Großmutter bitterlich zu weinen und die Tränen wurden zu Silber und die Verwandtschaft war nun doch wieder froh, dass sie lebte.

Oder ganz einfach: Die Verwandtschaft räumte alles zusammen und verschwand samt den Kindern. Hinter den Hügeln verschwand die Sonne, die Großmutter roch an den Blumen und dachte an ein Gedicht von Rilke oder vielleicht stellte sie auch nur den Fernsehapparat ein, den hatte man ihr gelassen, weil die Verwandtschaft schon Fernsehapparate besaß. Wenn sie aber nicht gestorben ist, wird sie es bald tun.

Die Großmutter wird man bedauern. Man könnte den Bericht umstellen und man würde die Verwandtschaft bedauern. Man könnte die Großmutter vor der Geschichte sterben lassen und man könnte die tote Großmutter die lebenden Verwandten beerben lassen.

Oder man könnte einen Großvater die Großmutter verteidigen lassen,

oder die Geschichte ist nicht wahr,

oder die Geschichte ist wahr.

SINTFLUT

Wenn jetzt die Sonne nicht mehr kommt, dann ist das die Sintflut. So wird sie beginnen, bedeckter Himmel, da und dort noch blaue Streifen, später ein leichter Regen, ein schwüler Tag, Kopfschmerzen vielleicht und schwere Beine. Anfänglich wird sie nur wenige ärgern, die Pfadfinder, weil das Zeltlager verschoben werden muss, aber dann wird es wieder verschoben und dann wieder.

Die älteren Leute mögen sich an einen ähnlichen Sommer erinnern, der war noch schlimmer, sie mögen sich immer erinnern, an größeres, an schöneres, an schlechteres. Und dann, später, erinnern sie sich, dass es noch nie schlimmer war.

Anfänglich ist es ein Trost, dass man das Wetter nicht ändern kann. – »Es ist nun mal so«, später ist es eine Schande, denn später glaubt man, anfänglich hätte man was tun können.

Wenn jetzt die Sonne nicht kommt, dann ist das die Sintflut. Noch beklagen sich Länder über die Trockenheit, noch hört man von Steppenbränden, noch setzt man Hoffnungen auf den Golfstrom, dann auf den hundertjährigen Kalender, dann auf große Plastikdächer, auf Infrarotlampen, noch sind es nicht sieben Jahre, Josef in Ägypten.

Man hat noch Lichtbilder von der Reise an die Adria, man hat noch den Badeanzug, die Sonnenbrille, man hat Lebertran und man weiß, dass hinter den Wolken eine Sonne ist, unsere Kinder werden es nicht mehr wissen.

In Florida hat man gestern die Sonne gesehen, wenn es regnen würde, wäre alles nicht schlimm, aber es wird regnen. Es gibt noch Möglichkeiten.

Man weiß nicht, ob man jetzt nicht mehr schwimmen zu lernen braucht oder ob man jetzt schwimmen lernen muss. Der Staat lernt seine Soldaten schwimmen, der Staat ist immer für das Fürchterlichere.

So wird sie beginnen.

Wenn jetzt die Sonne nicht mehr kommt, hat

sie schon begonnen. Fürchterlicher als jetzt wird sie nie sein, schon jetzt hat man die Sonne vergessen.

Wer erinnert sich noch an den Regen, an eine lateinische Formel, an die Reise an die Adria. Das Zeltlager wird verschoben und wieder verschoben und nur die Pfadfinder ahnen die Sintflut.

DER DEKORATEUR

Der Mann saß im Schaufenster. Zwischen Taschen. Lederne Damentaschen, Kalbsleder, Schweinsleder, Lackleder, Boxcalf.

Er fand keinen Ausweg, saß da, die Beine in Manchesterröhren, die Beine angezogen.

Er hatte die Taschen hingestellt, aufgehängt, hingelegt, die Preise mit Stecknadeln befestigt.

Er lachte, weil er keinen Ausweg fand.

»Die Scheibe zertrümmern«, dachte er, »zurückgehen, Betrachter sein.«

Die Auslagen werden nachts gewechselt. Die Nacht ist Tag, weil ich arbeite, bei der Arbeit darf man nicht rauchen.

In Damentaschen hat es Zigaretten, süße Amerikanische Zigaretten, Doppelfilter. In Damentaschen hätte es Lippenstift, Liebesbrief, Puder, Hausschlüssel, Plüschäffchen.

Wenn man mit warmen Händen über die Taschen streicht, duften sie nach Leder. Leder duftet wie Frauen. Juchten ist ein Parfum. Taschen haben keine Lippen, keine Beine, Taschen verschenkt man.

Taschen sind Einkaufstaschen, Abendtaschen, Bügeltaschen, Beutel. Sind schwarz, braun, grau. Wildleder, hohe Absätze, Pelzkragen, Wimperntusche.

Taschen riechen nach Vergessenem.

»Das sind keine Taschen, ich komme nicht mehr weg«, und noch einmal: »Scheibe zertrümmern, Betrachter sein.«

Sie betrachtete ihn und behauchte die Scheibe.

»Welche wollen Sie?«, rief er.

Bewegte Lippen sah sie. Er wiederholte, sie verstand nicht.

»Ich komme durch das Fenster«, rief er.

Sie verstand nicht.

»Ich finde keinen Ausweg, ich habe mich in Taschen eingebaut.«

Sie bewegte die Lippen. Er wischte mit der Hand die Taschen um, die Gestelle fielen, fielen ins Fenster.

Er stieg durch das Fenster, sie lachte, öffnete die Tasche, puderte die Nase. Taschen duften nach Vergessenem.

DER TAG

Wenn er geschlagen hätte, wäre jetzt alles vorbei. Es ist bestimmt nicht so schmerzhaft, wie man es sich vorstellt. Er schlägt schnell und hart. Er trifft gut, zögert nie, er kämpft nicht, er schlägt zu.

Jetzt wäre alles vorbei. Einmal wird man geschlagen, einmal wird jeder geschlagen.

Man hat Angst, man hatte Angst, bevor er hätte zuschlagen sollen. Er schlägt gut.

Diesmal hätte man sich hinstellen müssen, diesmal hätte er keinen andern schlagen dürfen.

Vor den geschlossenen Fensterläden steht ein Sommer, ein provenzalischer Sommer, ein griechischer Sommer, gedämpfte Musik aus einem Radio, Eisstücke in einem Glas Wasser, geschlossene Türe und noch gedämpftere Musik, ein Tag, so lange wie die Erinnerung.

So lange man sich verteidigen würde, hätte es keinen Sinn, geschlagen zu werden. Für die

Schläge des Vaters ist man zu alt geworden, Herzschläge, Glockenschläge – nur keine Glockenschläge jetzt.

Nur keine Sonne jetzt.

Nur keinen Wind jetzt.

Nur keine Nacht jetzt.

Die Uhr schlägt. Man wird nicht gefunden, bestimmt nicht gefunden, nie mehr gefunden. Man wird nicht schlafen oder man wird gut schlafen. Man wird viel rauchen, wird am Radio drehen, von Zeit zu Zeit den Staub von den Büchern blasen, man wird sich erinnern und immer wird Tag sein, die ganze Erinnerung wird Tag sein. Mit den Lamellen der Fensterläden macht man Sonnenuntergänge.

Aber geschlagen wird man nicht.

Weil man nicht gefunden wird.

Und man schließt die Lamellen und man schließt die Augen. Man macht eine Reise an die Adria. Man blättert in einem Modejournal. Man macht eine Nacht. Später wird man auf und ab gehen, wird einige französische Sätze vor sich hersagen, wird sich an die eigene Stimme gewöhnen. Ganz zuletzt wird man auch das Radio abdrehen und man wird nun immer wissen, was man tun wird.

Es wird lange dauern. Anfänglich wartet man noch auf den Postboten, vormittags um Elf, nachmittags um Vier. Dann wird niemand mehr den Briefkasten leeren und die Prospekte für Waschmittel und Sprachkurse häufen sich an und der Briefkasten ist gefüllt und auch der Postbote wird nicht mehr an uns glauben.

Aber geschlagen wird man nicht.

Weil man nicht gefunden wird.

Weil man verloren ist.

IN SEINEM GEDÄCHTNIS

Einer war in der Stadt, der kannte die Geburtsdaten der Leute. Er hatte ein riesengroßes Gedächtnis, in ihm stapelte er Geburtsdaten auf. Er fragte die Leute nicht nach ihrem Namen, er fragte sie nach dem Geburtsdatum. Später, vielleicht Jahre später, sagte er: »Du hast gestern Geburtstag gehabt«, oder er traf jemanden und sagte: »12. April.« Er täuschte sich nie.

Er konnte Zwillinge auseinander halten, wusste, welcher der erstgeborene war und verstand die kompliziertesten Familienverhältnisse in seinem Kopfe zu ordnen. Dabei, das muss gesagt sein, gab er sich nur mit Daten ab und suchte nichts in ihren Zufälligkeiten und Unzufälligkeiten.

Er war ein Trottel. Man weiß, dass Idioten oft ein überraschendes Gedächtnis haben. Ein anderer, den ich verehrte, als ich ein Kind war, hatte den ganzen Fahrplan in seinem Kopf.

Dieser also merkte sich Geburtsdaten, doch

gratulierte er niemandem, seine Fähigkeit allein machte ihm Freude. Sie ließ sich kontrollieren und die Leute sagten etwa: »großartig«, wenn seine Behauptung zutraf, und das tat sie immer.

Er war ein glücklicher Mensch. Die Leute sagten, er sei doch ein glücklicher Mensch. Er war weder böse, noch gefährlich, alle mochten ihn gut. Wenige kannten seinen Namen und vielleicht niemand sein Geburtsdatum. Vielleicht hatte er selbst keines. Er hatte keinen Spitznamen, niemand hätte daran gedacht, ihm einen zu geben. Er verrichtete kleine Arbeiten und war zuverlässig.

Er hatte Gewohnheiten und fürchtete sich nicht vor ihnen und er hatte einen Sprachfehler und er hatte einen Tick. Er hatte tiefe braune Augen, die direkt ins Gedächtnis führten. In sein großes Gedächtnis, in dem die Leute in 365, in 366 Gruppen geordnet waren. Die Jahrgänge kannte er nicht, um eine Ordnung aufzustellen, genügt das Geburtsdatum. Mehr wusste er nicht, und mehr sagte er selten. Mehr schien ihm nicht Freude zu machen.

Ihm war eine Ordnung gelungen.

Ich versuchte mit ihm ins Gespräch zu kommen. Mein Geburtsdatum kannte er nicht. Er fragte mich nie danach und ich hätte nicht gewagt, es ihm aufzudrängen.

Mein Geburtsdatum ist verzeichnet in den Kartotheken des Staates, in Verzeichnissen von Vereinen, in den Bestandeslisten der Armee und wohl noch vielerorts. Oft bedrückt mich das. Aber in seinem Gedächtnis wäre ich gern gewesen.

Ich wäre gern in seinem Gedächtnis gewesen.

BEIM MITTAGESSEN

Nach all dem ging er zum Nachbarn und erzählte ihm davon.

Dann grüßte er weniger freundlich und noch weniger freundlich und bald nicht mehr.

Wenn man an den beiden vorbeiging, unterhielten sie sich angeregt und man glaubte ein Kichern zu hören.

Und jeder hatte eine Frau, die die Gespräche zu lenken wusste, still und vergnügt. Sie lächelte, wenn alles ein Ende zu haben drohte, sie zog sich zurück, wenn man ein Wort gefunden hatte.

Während wir bei der Arbeit waren, führten sie Regie und sie gaben uns Anweisungen während des Mittagessens. Sie erklärten, wer heute zu grüßen wäre und wer nicht und es hatte keinen Sinn zu fragen weshalb. Wir hatten nur einzelne Szenen zu spielen, wir hatten abends die zu besuchen und die andern nicht zu grüßen oder umgekehrt.

Oft war es peinlich, den Nachbarn auf dem Heimweg von der Arbeit anzutreffen. Man wusste nicht, was inzwischen zu Hause auf der Treppe geschehen war.

Ich war immer wieder bereit, all das als Zufall zu betrachten.

Auch damals als wir alle zusammen, drei fröhliche Ehepaare, nach dem kleinen Landgasthof fuhren und Bohnen mit Speck aßen. Alle wollten natürlich alles bezahlen. Man hinterging sich, täuschte vor, man wolle auf die Toilette und beglich die Rechnung an der Theke. Man war nicht kleinlich. Später war ich dann bereit, es als Zufall zu betrachten, dass ich am wenigsten bezahlt hatte. Meine Frau machte mir Vorwürfe. Sie verzichtete die nächsten Tage auch darauf, ihr neues Collier zu tragen. Wir rekonstruierten das ganze Gespräch, das während des Ausflugs geführt wurde.

Beim Mittagessen wurde man orientiert, was die andern dachten.

Wir beschlossen, vorerst überhaupt nicht mehr zu grüßen. Abends gingen wir ins Kino.

Anderntags waren wir überrascht, als die Nachbarn uns besuchten.

Sie hatten anders gerechnet und erwähnten ganz nebenbei, dass der andere Nachbar am wenigsten bezahlt hätte. Uns lag nichts daran, unsere Rechnung zu erklären. Wir waren auch der Meinung, dass die andere nicht mit Geld umgehen könne und dass er allzugern trinke.

Ohne davon zu sprechen wusste man nun, dass man sie nicht mehr grüßen würde.

Wir duzten uns zwar schon lange, aber heute sagten sie fast liebevoll betont »Alfred« zu mir.

Wir schämten uns jetzt ein wenig, von ihnen auch schlecht gedacht zu haben. Ich erinnerte mich jetzt, dass ich auch noch beide Flaschen Wein bezahlt hatte. Die andern hatten wirklich am wenigsten bezahlt.

Im zweiten Stock sind jetzt neue Mieter eingezogen.

SERIDAN MUSS ES GEBEN

In ganz Frankreich gibt es keine Ortschaft, die Seridan heißt, dabei könnte Seridan sogar eine Stadt sein, so wohlklingend ist der Name, eine kleine Stadt zwar und wiederum nicht Paris, denn in Frankreich kann nichts wie Paris sein. Ich finde das ärgerlich.

Aber ich weiß jetzt, dass es kein Seridan gibt, ich habe gefragt, auf der Post von Toulon, auf dem Katasteramt, beim Verkehrsbüro (Syndicat d'initiative), auf der Straße und alle Leute. Sie schüttelten den Kopf und gingen weiter, blieben stehen und kamen wieder zurück und sagten: »Oder doch, das sollte es geben, das muss es geben – warten Sie mal – Seridan? Place Seridan, – Rue Seridan, – Departement Seridan, – fragen Sie bei der Polizei.«

Ich fragte und als ich wusste, dass es kein Seridan gibt, musste ich weiterfragen, denn die Ortschaft begann die Leute zu interessieren und sie bestimmten mich, nach ihr zu fragen, nach ihr zu suchen.

Es macht mir Spaß, nach Dingen zu suchen, die es nicht gibt.

»Herzliche Grüße aus Seridan.«

»Osterferien in Seridan.«

»Echte Keramik aus Seridan.«

»Unbekannter Meister des 18. Jahrhunderts, École de Seridan.«

All dies war mir nun vertraut und ich sagte es den Leuten und die Leute ließen das Wort über ihre Zunge fließen und wenn sie mich wiedersahen, fragten sie mich, ob ich Seridan gefunden hätte.

Sie waren sehr nett und schenkten mir Vertrauen.

So wurde Seridan eine Ortschaft, eine Ortschaft abseits der Straße, am Fuße eines bräunlichen Hügels, links ein Olivenhain. Auf dem bräunlichen Hügel waren römische Überreste zu finden, vor allem Tonscherben, und so begann ich nach römischen Überresten zu fragen.

»Gibt es in dieser Gegend einen Hügel mit römischen Überresten? – Nein? – Kennen Sie Seridan?«

Colline de Seridan! Nun gab es den Hügel.

Seridan, Seridanum, Seridurum – oder nein, man betont die zweite Silbe, also Seridurum – Kaiser Augustus – Caesar – Veni vidi vici. Der Hügel wurde belebt. Goldhelme, Federbüsche, Sandalen und Toga, die Elefanten des Hannibals, Napoleon auf dem Weg nach Paris – les Citoyens de Seridan, les Héros de Seridan. – Seridan, Etappenziel der Tour de France.

Die Lehrer in der Schule mussten sich nun doch um Seridan bekümmern, denn die Leute gaben ihren Kindern den Auftrag, den Lehrer zu fragen.

Die wenigen, die nicht an Seridan glaubten, denen sich das Wort nicht ins Ohr schmiegte, machten bald den Vorschlag, dem Suchen ein Ende zu bereiten und einer ausgewählten Ortschaft diesen vornehmen Namen zu geben.

Die andern aber wehrten sich dagegen. Sie hatten einen Grund, dagegen zu sein, denn Seridan gibt's, Seridan muss es geben.

DIE MÄDCHEN SIND BLÖD

»Die Mädchen sind blöd«, sagte er.

»Ja, die sind blöd«, sagte der Kleinere.

»Sie weinen, wenn man sie schlägt.«

»Wir sind stärker als sie.«

»Und wir können weiter pissen.«

»Hast du gesehen, wie sie pissen.«

»Sicher.«

»Ich auch, ich habe es auch gesehen.«

»Was hast du gesehen?«

»Dasselbe wie du, du weißt es ja.«

»Wir wissen es«, sagte der Ältere.

Als der Lehrer vorbeikam, spielten sie mit dem Ball und der Ältere fluchte, damit der Lehrer etwas zu sagen hätte. Der Lehrer ermahnte ihn.

»Das darf man nicht«, sagte der Lehrer.

Als er weg war, ließen sie den Ball sein.

»Alle Kinder fluchen«, sagte der Ältere.

»Nur die Kinder dürfen nicht fluchen, nicht rauchen, nicht Lärm machen.«

»Mein Vater flucht auch, er raucht nicht.«

»Wenn ich Vater bin, rauche ich.«

»Dann brauchst du ein Mädchen.«

»Warum?«

»Weißt du es nicht?«

»Ich weiß es!«, schützte sich der Kleine.

»Ich weiß es aus dem Lexikon«, sagte der Ältere, »woher weißt du es?«

»Ich habe es gesehn.«

»Wo?«

»Du weißt es doch.«

»Ich habe es auch gesehn.«

»Aber wir pissen weiter.«

»Wenn ich älter bin, spiele ich nicht mehr mit dem Ball, wir müssen mit dem Ball spielen, damit wir nicht auf schlechte Gedanken kommen.«

»Nicht alle spielen mit dem Ball, Hans geht mit den Mädchen.«

»Wir wissen, was er mit den Mädchen macht.«

»Sollten wir nicht meinen Bruder fragen«, schlug der Jüngere vor, »mein Bruder geht auch mit Mädchen.«

»Du weißt es doch nicht«, sagte der Ältere, »spielen wir Fußball.«

Sie spielten und ereiferten sich und der Lehrer belächelte den Eifer von weitem. Der Ältere aber war wütend, weil es der Kleine nicht wusste und er wusste es auch nicht.

»Du weißt es nicht«, spottete er, »ich spiele nicht mit dir. Du bist auch einer, der mit Mädchen geht.«

Der Kleine erzählte dies der Mutter. Sie streichelte ihm über den Scheitel und sagte: »Schlaf jetzt.«

»Ich pisse weiter als sie«, dachte der Kleine.

DER LINKSAUSSEN

Es gibt regnerische Montage, und am Dienstag ist es zu spät, am Dienstag spricht man nicht mehr davon, und der Sonntag liegt weit hinter zweimal Aufstehen zurück. Wenn es montags regnet, muss man sich damit abfinden, regnet es nicht, sitzt er um halb sechs im Trottoircafé, lehnt sich in den Rohrstuhl und streckt die Beine von sich.

Und gestern waren es zweitausend Personen, eine mörderische Hitze, eine langsame erste Halbzeit, beidseitig harte Verteidigungen, ein stilles Publikum, vereinzelte Stimmen, hie und da Applaus.

Eine hoffnungslose Angelegenheit, dazu mit zwei Ersatzspielern, guten Spielern, aber es ist doch immer eine unsichere Sache. Meiers Reaktionen kennt man, seine steilen Pässe und seine Art, dem Ball nachzulaufen, ihn ausrollen zu lassen, den Gegner heranzulocken, und dann eben die steilen Pässe. Doch Meier war nicht dabei. »Steile Pässe«, erklärte der Linksaußen in der Pause den Ersatzspielern, »steile Pässe«.

Und am Montag um halb sechs sitzt er im Trottoircafé, streckt die Beine von sich.

In der zweiten Halbzeit wurde es flüssiger, steile Vorlage, der Linksaußen übernimmt, zögert und haut los, überspielt den Gegner, gibt ab, übernimmt wieder, hört das Publikum, hört nichts mehr, ein verzweifelter Torhüter, Schulterklopfen und Händeschütteln, langsames Zurückgehen zum Anstoß und ein Publikum.

Der Linksaußen freute sich, ließ sich feiern, erklärte sein Vorgehen, ließ sich ein Coca-Cola reichen, ließ sich sagen »wie Meier«.

Montags sitzt er im Trottoircafé.

In der Zeitung stehen die Berichte der Nationalligaspiele. Ihr Bericht erscheint dienstags. Der an der Drehbank nebenan interessiert sich nicht, fragt: »Hast du gestern gespielt? Hast du ein Tor gemacht? Gut.«

»Es waren zweitausend Personen.«

»Was haben sie gesagt?«

Seinen Knaben zu Hause sagt er: »Ich kenne den Linksaußen.«

Man plagt sich für den Club. Mittwoch und Freitag Training, morgens den Waldlauf. Montags sitzt man hier und lässt sich sagen: »Für den Aufstieg reicht's trotzdem nicht.« Wer fragt schon: »Sind Sie nicht der Linksaußen?«, und was soll man sagen, wenn jemand fragt? Sich vorstellen, dass man am Nebentisch flüstern würde: »Das ist der Linksaußen.«

Der Bericht steht immer erst dienstags in der Zeitung. Am Anfang, nach den ersten Spielen, schneidet ihn jeder aus, jeder, keiner gibt's zu. Man gewöhnt sich daran. Als Junior trug man noch mit Stolz das Tricot. Er war schon damals Linksaußen. Inzwischen zweimal den Club gewechselt, überall dasselbe, keiner will schuld sein, und am Sonntag stehen sie plötzlich da, mittwochs nicht und freitags nicht, aber am Sonntag sind sie da, halten kaum eine Halbzeit durch und täuschen Magenschmerzen vor, wenn sie den Ball nicht erreichen, immer dasselbe, immer die Jungen.

Und montags kümmert sich keiner darum, dienstags erst recht nicht. Montags stehen die Berichte der Nationalligaspiele in der Zeitung, und montags sitzt er hinter seinem Coca-Cola, lehnt sich in den Rohrstuhl, streckt die Beine von sich, der Linksaußen, der doch gestern ein Tor geschossen hat.

ZU SCHREIBEN WÄRE NOCH

Zu schreiben wäre noch die Geschichte vom Chirurgen, der sich mit dem Problem befasste, wie viel man vom Menschen wegschneiden könne, mit wie wenig ein Mensch noch Mensch sei.

Zu schreiben wäre davon, wie ein Maler seinem Freund verspricht, ihm – und nur ihm – das Geheimnis der Malkunst zu verraten, morgen zu verraten.

Geschrieben wurde schon die Geschichte der Schöpfung. Geschrieben wurde schon die Geschichte von den beiden Bauern, die in die Stadt kommen, sich in einem kleinen Hotel einlogieren und jeden Abend ein Bordell suchen und nicht finden und nicht wissen, dass sie in einem wohnen.

Und Liebesgeschichten.

Und das Hohelied Salomos.

Raymond Chandler schreibt Kriminalromane.

Schreib mir einmal aus den Ferien.

Zur Strafe hat Franz vier Seiten zu schreiben.

Was bis jetzt nicht geschrieben wurde, darf nicht geschrieben werden.

Schreiben wir also alles noch einmal, mit sauberen römischen Zeichen, mit goldenen Initialen. Auf den Büchern liegt Staub, bevor sie der Wurm frisst, müssen sie geschrieben sein, noch einmal geschrieben sein.

»Am Anfang schuf Gott Himmel und Erde.«

»Er küsse mich mit dem Kusse seines Mundes.«

»Ich starrte noch in die heißen schwarzen Augen, als sich weit hinten unter der Treppe eine Tür öffnete.«

In der Klosterbibliothek in St. Gallen liegen alte Pergamente mit wundervollen Initialen, dort hat man die Bibel geschrieben, immer wieder die Bibel geschrieben, damit sie nicht vom Wurm gefressen wurde.

In der Klosterbibliothek von St. Gallen liegen alte Pergamente, die sind mit Chemikalien behandelt, damit sie nicht vom Wurm gefressen werden. Im Kloster von St. Gallen sind keine

Mönche mehr, denn man muss jetzt die Bibel nicht mehr schreiben, weil sie nicht mehr vom Wurm gefressen wird.

Mit wie wenig ein Mensch noch Mensch sei, überlegte sich der Chirurg.

Bitter enttäuscht war anderntags der Freund des Malers.

DER LEHRLING

Der Lehrling in der Eisenwarenhandlung hat sich an die Situation gewöhnt. Einmal werden zwei Männer kommen, unauffällig und sauber gekleidet, werden sich eine Auswahl Schrauben zeigen lassen, warten, bis er sich über den Tisch beugen würde, mit einem harten Gegenstand zuschlagen und sich der Kasse bemächtigen. Das weiß er.

Der Lehrling beobachtet seine Kunden gut und übt sich im Entwerfen von Steckbriefen. Dunkle Haare, schmale Nase, über dem linken Auge kleine Narbe. Er ärgert sich, wenn ihm eine Beschreibung misslingt.

Dem Chef hat er kürzlich vorgeschlagen, die Kasse auf dem hintern Tisch aufzustellen. Der hat gelächelt und gefragt weshalb, und da hat er doch nicht sagen können, weil zwei Männer kommen werden.

Es wäre gut, wenn man sich die Nummern der

größern Noten aufschreiben würde. Auch übte er in den Gedanken den Weg vom Tisch zum Telefon und legte sich Sätze zurecht, mit denen er die beiden verwirren würde. Viele versagen in solchen Momenten, sie warten den Summton nicht ab, bevor sie die Nummer einstellen.

An Widerstand wäre nicht zu denken. So schnell als möglich in Ohnmacht fallen, dürfte das beste sein. So weit kennt er die Situation. Vielleicht auch das Gestell mit dem Porzellan mitreißen während des Fallens, Lärm verursachen.

Jetzt steht das Porzellan unmittelbar hinter dem Ladentisch. Das hat er durchgebracht beim Chef. Das macht sich gut, hat er ihm gesagt.

Ein Eisenwarenhändler muss seinen Beruf gut verstehen, sagt der Chef, viele stellen sich vor, dass der Eisenwarenhändler ein gewöhnlicher Krämer sei, ein Krämer, der zum Beispiel Mehl und Zucker verkauft. Nicht einmal den Kunden fällt es auf, was ein Eisenwarenhändler, was wir können müssen. Das ist ein gutes Zeichen, es fällt ihnen nicht auf, weil es selbstverständlich ist. Vorläufig, sagt er, schlägst du noch im Katalog die Nummern der Schrauben nach, später musst du die im Kopf haben, sonst wirst du besser ein Krämer, für Zucker und Mehl brauchst du keine Nummern.

Dem Lehrling ist klar, dass ein Eisenwarenhändler viel können muss und er ist stolz, ein Eisenwarenhändler werden zu dürfen. Er sagt zum Chef, das weiß ich, und dann muss man sich auch Situationen vorstellen können. Das hört der Chef gern und von nun an sagt er zu all dem üblichen: und sich Situationen vorstellen, das muss ein Eisenwarenhändler auch können und Pläne lesen.

Es gibt Eisenwarenhändler, die sitzen im Parlament.

Der Gehilfe ist jetzt noch freundlicher zu den Kunden. Er legt sich einige elegante Redewendungen zu und übt das freihändige Besteigen der Leitern zu den obern Regalen.

Im übrigen beeindruckt es ihn, dass es auf der Welt viel mehr Ärzte gibt als Eisenwarenhändler. Nicht jeder kann ein Eisenwarenhändler sein.

Der Chef hat auch versprochen, ihm auf Weihnachten die Fachzeitschrift »Eisen und Werkzeug« zu abonnieren. So wird sie also jeden Freitag in seinem Briefkasten stecken, mit einem braunen Band und seiner, des Lehrlings Adresse.

Schon als Kind faszinierte mich der Beruf des Eisenwarenhändlers, schrieb der Lehrling einmal, und er hätte doch wissen müssen, dass das eine Lüge war. Er wollte viel mehr werden und ganz anderes, all das, was Kinder werden wollen.

Unser Beruf hat unglaubliche Möglichkeiten, sagt der Chef oft, die Händler in Amerika zum Beispiel machen keine Berufslehre und da sind wir im Vorteil.

Was dem Lehrling gefällt, ist die verchromte Kasse, sind die Regale und die Vorstellung, dass einmal zwei unauffällig und sauber gekleidete Männer kommen werden.

Und was ihm gefällt ist das »wir«, wenn er vom Geschäft spricht. »Wir führen das nicht.« »Wir könnten Ihnen eine Auswahl zukommen lassen.«

Mit dem Chef, der übrigens verheiratet ist,

kann man gut sprechen, nicht über vieles, aber gut. Nicht davon zum Beispiel, dass sich der Lehrling abends gern in ein Café setzt und die Mädchen betrachtet und nicht davon, dass er gern ein Mädchen möchte.

Dem Lehrling gefällt auch das Plakat für Spültröge mit der lächelnden Frau. Das hat er dem Chef gesagt. Dem Chef gefällt es auch.

Nächste Woche wird ihm der Chef das Lesen der Pläne erklären, sehr wahrscheinlich am Dienstag, da hat er am besten Zeit. Ein Eisenwarenhändler muss seinen Beruf gut verstehen.

Und in den Ferien wird der Lehrling mit dem Zelt ins Tessin fahren.

In diesem Beruf gibt es immer wieder Neues, kein Tag ist gleich wie der andere, und – auch das sagt der Chef – man hat nie ausgelernt.

Eigentlich will man ja etwas ganz anderes werden. Eigentlich will niemand Eisenwarenhändler werden.

Oft wenn keine Kunden da sind, stellt sich der Lehrling vor die Regale. Sie sind nun seine Regale und er mustert sie.

Er richtet die Schachteln aus, nimmt vielleicht eine Schraube in die Hand und tut, als ob er sie prüfte. Bald findet er im Laden auch Arbeit ohne die Befehle des Chefs und ordnet und schreibt auf, macht Bestellungen und stellt die Lieferungen zusammen.

Am Morgen putzt er die Chromteile der Kasse, er hat sie schon gestern abend geputzt. Am Morgen lässt er die Tür weit offen und atmet tief und am Morgen trinkt er einige Schlücke kaltes Wasser.

Am Abend scheint die Sonne in die Straße.

Dann wird man ein Eisenwarenhändler und vergisst nach und nach die beiden Männer.

Der Chef ist zufrieden mit seinem Lehrling, immer zufriedener.

EIN SOMMER

Ein Sommer kann nur schlecht sein. Entweder er ist heißer als der vergangene oder er ist kälter. Nur ein vergangener Sommer ist gut und es ist gut, den vergangenen Sommer zu kennen, möglichst viele vergangene Sommer zu kennen. Der Wein stammt aus den vergangenen Sommern und Spanien war damals noch ein besonders billiges Ferienland. Aus jenen Sommern kommt alles, die Photobücher über die Camargue, die Kriegserinnerungen und der zwanzigste Geburtstag unserer Mütter, alles was nicht mehr ist. Alles was nicht mehr ist, ist besser und weil kein Krieg ist, hungern wir nicht und wer nicht dabei war, hat nicht gehungert.

Wir wissen, dass dieser Sommer zu heiß ist. Nächstes Jahr werden wir sagen, er sei warm gewesen. Und nächstes Jahr sind wir um einen Sommer reicher, nächstes Jahr werden wir mehr Sommer kennen, einen Sommer mehr kennen und einen Sommer weniger erwarten.

Und Jahr für Jahr werden wir weniger erwarten, Jahr für Jahr werden sie zu kalt oder zu heiß sein, und wir werden uns an kühle und an warme Sommer erinnern.

Es hat uns lange genug geärgert, dass andere mehr Sommer kannten als wir. Deshalb haben wir unsere Sommer nicht verteidigen können. Jetzt aber wissen auch wir, dass dieser zu heiß ist und dass es bessere gab. Bald kennen auch wir dreißig Sommer und können vergleichen. Bald erwarten auch wir keine Sommer mehr.

Das ist die Regel, dass alles vererbt ist, an den Meerschweinchen bewiesen. Kein Sommer wird etwas dazutun. Auch Pferde haben einen angeborenen Orientierungssinn und sind treu, denn es fühlt wie du den Schmerz. Können Pferde Menschen quälen?

Können sie dafür zur Verantwortung gezogen werden?

Kann ein Staat Einflüsse der Jahreszeiten auf seine Geschäfte dulden? Die Antworten liegen in den Fragen. Wer Erfahrung hat, stellt sie nicht.

Einmal gestellt, können sie beantwortet werden. So wie Kriege gemacht werden können, wenn sie auch unberechenbar sind.

In einem trostlosen Hafen warten die Fischer auf die Flut.

Alle 12 Stunden kommt sie. Dafür braucht sich kein Mensch zu entschuldigen, und auch von einem Sommer kann man sagen, was man will. Man kann von ihm sagen, dass er zu heiß sei.

Dieser ist zu heiß.

JETZT SOLLTE MAN WIRKLICH GEIGE SPIELEN KÖNNEN

Jetzt sollte man wirklich Geige spielen können, den Bogen vom Frosch bis zur Spitze über die Saite ziehen, einen langen Ton, einen sehr langen Ton mit viel Vibrato und den Bogen zurückstoßen, ganz leicht, mit entspanntem Handgelenk. Dann sollte man Geige werden auf der linken Seite und Bogen auf der rechten. Den Körper hin und zurück neigen, die folgenden Töne hinauszögern, immer noch hinauszögern, bis sie sich von selbst anreihen, kleine Tropfen am großen Ton.

Die Aufmerksamkeit des Materialprüfers
Peter Bichsels *Milchmann*-Geschichten

I.

Eigentlich möchte Frau Blum den Milchmann kennenlernen (1964) hat Peter Bichsel zu dem Autor gemacht, der er ist. Mit seinem Erstling – der, genau genommen, keiner war[1] – wird der 29jährige Lehrer aus Zuchwil bei Solothurn im deutschsprachigen Literaturbetrieb nicht nur wahrnehmbar, er etabliert sich gleich in dessen exklusiveren Kreisen. Das Buch wird in den großen Feuilletons positiv besprochen, die Erstausgabe wie die Folgeauflagen sind im Nu vergriffen. Es wird mit mehreren Preisen ausgezeichnet und umgehend übersetzt, und es verschafft Bichsel Zugang zu den relevanten literarischen Zirkeln, namentlich der Gruppe 47. Aus dem »kleine[n] Provinzler«[2] wird in wenigen Monaten ein anerkannter Schriftsteller, der in Berlin und Princeton verkehrt, dessen neues Werk man mit Spannung erwartet.

1 Nebst unselbständigen Publikationen gingen dem *Milchmann* zwei selbständige Publikationen voran: die beiden illustrierten Privatdrucke *Das Ende der Stadt* (1957) und *Versuche über Gino* (1960).

2 Peter Bichsel: Vorwort – das letzte, in: ders., Auch der Esel hat eine Seele. Frühe Texte und Kolumnen 1963 – 1971. Berlin: Suhrkamp 2020, S. 7-12, S. 9.

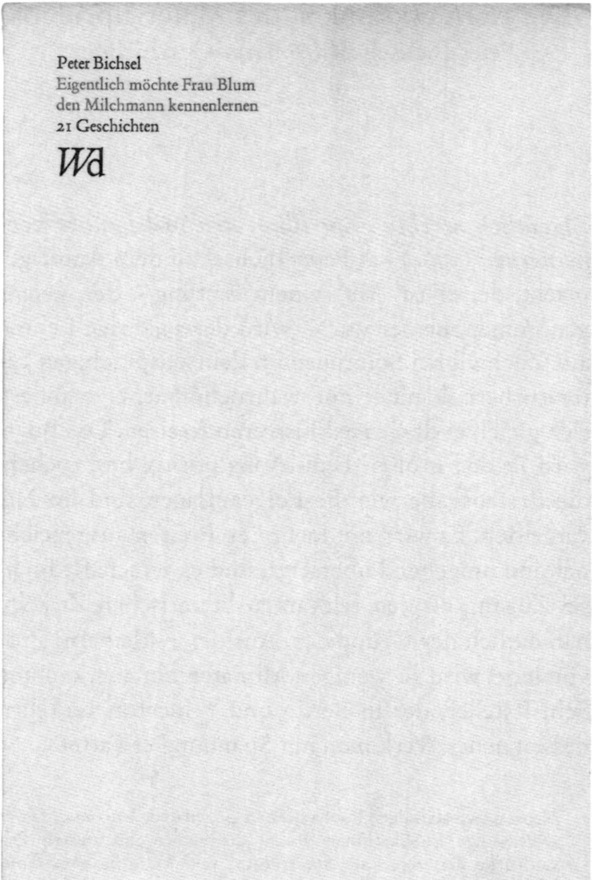

Umschlag der Erstausgabe (Auflage: 1220 Ex.),
Walter-Druck, Nr. 2, Walter-Verlag, Olten 1964

Ein derartiger Erfolg eines schmalen Prosabändchens ist für die deutschsprachige Literatur der Schweiz ein Einzelfall, wenn nicht für die gesamte deutschsprachige Literatur. Die breite Wahrnehmung der *Milchmann*-Geschichten lässt sich sicher auch durch günstige Begleitumstände erklären. Otto F. Walter, Bichsels Verleger, suchte neue Namen für seine »Walter-Drucke«, eine bibliophile Reihe für avancierte Literatur, in der Bichsels Buch – nach dem Eröffnungsband von H. C. Artmann – als zweiter Band erschien.[3] Strategisch geschickt sorgte Walter gleich nach der Lektüre des Manuskripts für Vorabdrucke. Durch seine Vermittlung kommt es zu Walter Höllerer in Berlin und Bichsel zu einer Einladung ins *Literarische Colloquium*. Durch Walter finden die Geschichten aber auch zu Marcel Reich-Ranicki, der mit dem »Jubelruf«[4] seiner *ZEIT*-Rezension publikumswirksam den Ton setzt:

> Wovon jeder Verleger träumt, worum sich jeder Lektor bemüht, worauf jeder Kritiker wartet und was leider nur selten bescheinigt werden kann – das ist diesmal dem literarischen Leiter des Walter-Verlages in Olten

3 Peter Bichsel: Eigentlich möchte Frau Blum den Milchmann kennenlernen. 21 Geschichten. Olten: Walter-Verlag 1964 (Walter-Drucke, Nr. 2).

4 Otto F. Walter: Wie ich Peter Bichsel kennenlernte. In: Herbert Hoven (Hg.): Peter Bichsel. Auskunft für Leser. Darmstadt: Luchterhand 1984, S. 19-24, S. 21.

in der Schweiz, Otto F. Walter, geglückt: die Entdeckung eines jungen, bisher gänzlich unbekannten und zugleich hochbegabten Schriftstellers.[5]

II.

Dieser Erfolg hängt offensichtlich auch mit der Eigenart von Bichsels 21 kurzen und kürzesten Geschichten zusammen. Sie hatten einen eigenen Ton, der faszinierte und auch die Beschreibungskraft des Großkritikers herausforderte:

> Diese Miniaturen haben ihr eigenartiges Maß in sich. Um Geschichten handelt es sich. Doch geschieht in ihnen nichts oder fast nichts. Idyllen scheinen es zu sein. Doch kennen sie keine Idyllik. Anekdoten lesen wir. Doch finden wir keine Pointen. Mit Provokationen haben wir es zu tun. Doch nicht die Worte dieses Autors wirken provozierend, sondern seine Pausen.[6]

Das Schillernde begeistert Bichsel-Leser:innen bis in die Gegenwart. Die einfachen Szenen über »nichts oder fast nichts« – *Stockwerke*, *Blumen*, *Das Messer* –

5 Marcel Reich-Ranicki: Vom verfehlten Leben. Ein junger Schweizer Autor legt sein erstes Buch vor. In: DIE ZEIT, 16.10.1964, S. 29.
6 Ebd.

gewinnen maßgeblich durch deren Darstellung an Gewicht. Sie provozieren durch verknappende »Pausen«, die das nur Angedeutete und implizit Miterzählte in den Fokus rücken:

> »Langweilige Geschichte«, dachte er. »Er liest die Zeitung«, dachte sie. »Du darfst dich von Bühlmann nicht unterkriegen lassen«, sagte sie.
> »Bühlmann kann Englisch.«
> »Ich gehe jetzt schlafen«, sagte er mehrmals, bevor er schlafen ging. (*Sein Abend*)

Aber auch im ausdrücklich Erzählten dominieren die Lücken. Das wenige Wirkliche wird durch viel Mögliches begleitet. Das Register der Imagination, der Figuren oder der Erzähler, verleiht dem Erzählten allererst seine Erzählwürdigkeit. Als eminentes Werkzeug dient dem Autor der Konjunktiv, der das, was der Fall ist, anreichert durch das, was aus der Sicht einer bestimmten Instanz der Fall sein könnte. Aber auch die Konjunktive führen nicht ins unermessliche Reich des Möglichen, sie bleiben meist nah am Wirklichen und Wahrscheinlichen.

> Sie saß da. Wenn man sie gefragt hätte, seit wann, hätte sie geantwortet: »Immer, ich sitze immer da.« (*Die Männer*)

> Am Morgen lag Schnee. Man hätte sich freuen können. (*Erklärung*)

> Sie würde lächeln und verzweifeln und sich damit abfinden, vielleicht. (*San Salvador*)

Durch die Konjunktive oder das Konjunktivische – ein »vielleicht«, ein »eigentlich« – wird dennoch alles anders, könnte alles anders werden, hätte alles anders werden können. Nicht selten sind es verpasste Möglichkeiten, die so in den Blick kommen, bis hin zu negativen Lebensbilanzen:

> Auch der Großvater wollte Dompteur werden, um all die zu ärgern, die ihm nichts zutrauen [...]. Einmal in seinem Leben muß er erkannt haben, daß er kein Dompteur wird. Seit jener Stunde fand er den Eintritt in den Zirkus zu teuer. (*Die Löwen*)

Auch wenn die bekanntesten (Nicht-)Auf- oder Ausbruchsgeschichten des Buches – namentlich *San Salvador* und *Der Milchmann* – oft so interpretiert werden: Bichsel lässt das Mögliche nicht einfach über das Wirkliche gewinnen, Wünsche und Phantasien erhalten ihren Wert nicht zwingend durch deren Realisierung. Allenfalls realisieren sie sich, wie Bichsels Geschichten, auch nur auf dem Papier.[7] Eigentlich

7 Vgl. Peter Bichsel: Die Geschichte soll auf dem Papier geschehen (1968). In: Herbert Hoven (Hg.): Peter Bichsel: Auskunft für Leser. Darmstadt: Luchterhand 1984, S. 49-56.

möchte Frau Blum den Milchmann kennenlernen, aber eigentlich kennen sie sich über ihren respektvollen Zettelverkehr schon recht gut; ob eine direkte Begegnung ein Gewinn wäre oder allenfalls auch ein Verlust, lässt sich nicht sagen. Aus Pauls Satz »Mir ist es hier zu kalt. Ich gehe nach Südamerika« (*San Salvador*), niedergeschrieben mit einer neugekauften Feder, lassen sich in Bichsels »weitmaschige[r] Prosa«[8] nicht zwingend handfeste Fluchtabsichten ableiten. Entsprechend müssen auch die regelmäßigen Wiederaufnahmen von Sätzen, identisch oder minimal variiert, nicht zwingend als Ausdruck tautologischer Leere und fataler Stagnation gelten.

Seien es die reduzierten und entwicklungsarmen Handlungszusammenhänge, die Konjunktive, die Redundanzen oder auch die Dominanz des »Man«: Diese und weitere Eigenschaften bedeuten, dass schon Bichsels frühe Prosa den Erzählvorgang nie versteckt, sondern gerade ausstellt und darin reflektiert. »In Peter Bichsels Blick ist die Aufmerksamkeit des Materialprüfers«[9], meinte der Kritiker Werner Weber – und bezog sich mit dem »Material« ebenso auf das Erzählte wie auf das Erzählen. Hermann Bur-

8 Hermann Burger, Die Geschichte soll auf dem Papier geschehen. Peter Bichsel: *Eigentlich möchte Frau Blum den Milchmann kennenlernen*. In: Hermann Burger: Ein Mann aus Wörtern. Frankfurt a/M: Fischer 1984, S. 189-213, S. 207.

9 Werner Weber: Peter Bichsel. In: Neue Zürcher Zeitung, 17. 10. 1964 (Morgenausgabe), S. 1.

Erstdruck *Der Milchmann*, Die Tat, 30. 11. 1962, S. 5

ger hat auf Bichsels »fast manische[n] Gebrauch des verbums sagen«[10] verwiesen. Wenn im *Milchmann* jemand etwas sagt, wird fast immer auch gesagt, dass »sie«, »er« oder – und besonders interpretationsbedürftig – »man« etwas sagt. Die Betonung des Sagens verweist auf den ›Sager‹. Das gilt auch für die Erzählinstanz, die oft außerhalb der Handlungszusammenhänge steht. Diese Außenposition geht aber nicht zwingend mit einem souveränen Überblick einher, sondern, fallweise, auch mit einer erzählerischen Unzuverlässigkeit. »Aber er kennt die Karten und er kennt das Spiel«, heißt es in *Das Kartenspiel*, gleich darauf folgt aber die Relativierung: »Es ist wahrscheinlich, dass er es kennt.« Die Lesenden müssen selbst sehen, wie sie sich zu dieser Spannung verhalten, welche Schlüsse sie aus der offenbar begrenzten Kompetenz des Erzählers auch für den Rest der Geschichte ziehen. Die verschiedenen Hinweise auf eine Zettelkommunikation, die konsequente Ersetzung einer Geschichte durch die Erzählung von deren »Voraussetzung[en]« (*Der Tierfreund*), aber auch der Titel *Roman* (Bichsel hat mit den 67 Zeilen dieses Stücks den »vielleicht [...] kürzeste[n] Roman der Weltliteratur«[11] geschrieben), verweisen nachdrücklich auf den

10 Hermann Burger, Die Geschichte soll auf dem Papier geschehen, S. 193.

11 Rolf Jucker: [Kommentar zu *Roman*]. In: ders. (Hg.): Peter Bichsel: Geschichten. Text und Kommentar. Frankfurt a. M.: Suhrkamp 2005, S. 153f., S. 153.

Stellenwert der literarischen Kommunikation, »literarisch« im Sinn von Schriftlichkeit ebenso wie von »schöner« Literatur. Bichsels klassisch gewordene Geschichten zeigen also beides: die Notwendigkeit und die Schwierigkeit der Herstellung einer geteilten und damit lebenswerten Welt durch Kommunikation, namentlich durch das Erzählen. »Das Erzählen, nicht sein Inhalt ist das Ziel der Literatur«[12], formuliert der Autor Jahre später programmatisch in seinen Frankfurter Poetik-Vorlesungen (1982).

III.

Die vorliegende Neuausgabe präsentiert *Eigentlich möchte Frau Blum den Milchmann kennenlernen* erstmals unter Berücksichtigung des verfügbaren Archivmaterials. Durch die Kooperation Peter Bichsels mit dem Schweizerischen Literaturarchiv (SLA) ist ein umfangreiches Konvolut zum *Milchmann* zugänglich geworden[13], das die bekannten Geschichten in verschiedener Hinsicht in neuem Licht zeigt.

Zunächst erlauben es die Archivalien – vor allem handschriftlich annotierte Typoskripte (s. Abbildun-

12 Peter Bichsel: Der Leser. Das Erzählen. Frankfurter Poetik-Vorlesungen. Frankfurt a.M.: Suhrkamp 1997, S. 8.

13 Vgl. Schweizerisches Literaturarchiv Bern (SLA), Archiv Bichsel, Sig. A-1-b (»Frau Blum/Entwürfe/Ausgeschiedenes/Alte Fassungen/Doppel etc.)«.

gen) –, Bichsels Arbeitsweise nachzuvollziehen. Der Autor folgt beim Schreiben, soweit es materiale Spuren hinterlassen hat, einem strengen Ordnungsprinzip. Er macht nicht mehrere Revisionsgänge an einem Entwurf, sondern erstellt eher früher als später eine neue Reinschrift. Eine Ökonomie der Korrektur (etwa durch die Aussparung einer Korrekturkolumne) kennt er nicht; die jeweils neue Fassung erscheint, dem Druckbild angenähert, auf einem neuen Blatt. Jede Abschrift ist eine Abschrift des gesamten Textes, der dann noch einmal als solcher zur Disposition steht. Entsprechend umfasst auch das umfangreichste *dossier génétique* zur siebten *Milchmann*-Geschichte – *Musikdosen* – keinerlei Fragmente. Es bietet nur ›fertige‹ Texte, nämlich nicht weniger als sieben Varianten, die sich teils mehr, teils weniger stark unterscheiden, aber alle den Eindruck (bichselscher) narrativer Geschlossenheit machen.

Diese Dossiers, insgesamt 136 A4-Seiten, bilden die Grundlage des zweiten Teils der vorliegenden Ausgabe: Er bietet Varianten von sechs Geschichten (im Fall von *Musikdosen* nicht nur eine, sondern zwei), die teils auch andere Titel tragen. Wie die Varianten zeigen, folgt Bichsel in editionsphilologischer Sicht der Strategie des »Mehrversionenschreibers« (Hermann Zwerschina). Aus dem *Musikdosen*-Dossier geht besonders deutlich hervor: Bichsels Varianten erscheinen prinzipiell eher wie egalitäre Alternativen

6

Seit man dort in der Schule lernt, habe ich Geheimfächer in meinem Sekretär, Geheimfächer gegen alles, was man in der Schule lernt

Sie wollte ein Klavier haben, und ich habe ein Klavier gekauft. Ich hätte ihr eine Jahrmarktorgel kaufen können, aber ich hätte mich damit verraten, und sie hätte geweint, sie hätte mich nicht mehr gegrüsst, und sie wäre vielleicht nachts aufgestanden und hätte meinen Wecker zerstört, um mich zu ärgern. Sie hätte bestimmt meine Geheimfächer aufgebrochen.

In ihnen bewahre ich meine Musikdosen auf. Ich liebe Musikdosen. Sie weiss nicht, dass ich stets eine auf mir trage, eine aus dunklem Holz mit geschnitzten Edelweissen. Das weiss niemand, das hört niemand, es sind leise Musikdosen. Die Jahrmarktorgel pflege ich mit Tüchern zu umhüllen, wenn ich sie spiele. Sie steht im Keller. Eigentlich hätte ich auch sie gern in den Geheimfächern meines Sekretärs, es wären dann alle beisammen.

Die Musikdosen werden elend teuer. Oft ~~Anfänglich~~ glaubte ich, der Händler nütze meine Leidenschaft aus. Musikdosen werden rar. Man sammelt jetzt Musikdosen. Sicher werden meine Geheimfächer bald nicht mehr notwendig sein. Ich weiss jetzt, dass auch andere Musikdosen sammeln.

Sie wird nicht mehr sagen können, dass Musikdosen kitschig sind.

Sie hat In der Schule das lernt ~~man das~~, Engländer kaufen Musikdosen. Ich habe Geheimfächer gegen alles, was man in der Schule lernt.

Der Händler sagt jetzt: "Hier haben wir eine besonders schöne Dose aus Ste. Croix, Handgearbeiteter Tonkamm." Man sammelt also jetzt Musikdosen.

Man hätte ihre Musikalität prüfen müssen. Man hätte ihr einige Töne vorsingen sollen und sie nachsingen lassen. Ich kann nicht singen. Klavierlehrer behaupten, alle seien musikalisch. Sie spielt also Klavier. Man kann es ihr nicht verbieten, sagt man mir.

Was soll ich ihr von meinen Musikdosen erzählen, was ist eine Musikdose gegen ein Klavier? Musikdosen haben einen empfindlichen Mechanismus. Die Federn springen und die Lamellen brechen. Und zudem lernt man in der Schule, dass sie kitschig sind. Neuerdings bezeichnet nun der Händler Musikdosen mit Edelweissen als wertlos. "Sie sind wertlos," sagt er und erzählt mir von einem Closettpapierhalter, der eine Melodie spielt, wenn man einen Coupon abreisse.

Handschriftlich korrigiertes Typoskript, *Musikdosen*, Version 6, Seite 1 von 2; Archiv Peter Bichsel, Schweizerisches Literaturarchiv Bern, Sig. A–1–b/7 und nicht wie eine teleologische Folge von Vorstufen, in welcher die spätere die frühere zu Makulatur macht (was, wie die Archivalien zeigen, ja auch in einem materialen Sinn nicht der Fall ist). Die Entscheidungen des Autors für die erstveröffentlichten Fassungen scheinen insofern nicht rein ›vertikale‹ gewesen zu sein, die Bevorzugung der eindeutig stärkeren oder fertigeren Variante über die eindeutig schwächere bzw. unfertigere. Das Material lässt auch an eine ›horizontale‹ Selektion denken: die Entscheidung zwischen gleichwertigen Möglichkeiten, den jeweiligen Stoff auszugestalten – sei es auf der Ebene des Erzählten (etwa und besonders der Handlungsentwicklung bzw. ihrer autortypischen Kompression)[14] oder des Erzählens (etwa der Perspektivenwahl oder der Stilistik der Redundanz). Erst *Gestern*, eine Variante zu *Blumen*, führt etwa vor Augen: Bichsel hat die Begegnung im Blumenladen in zwei grundverschiedenen Modalitäten erzählt, einmal im Indikativ einer tatsächlichen Begegnung und einmal – in der Buchfassung – im Konjunktiv, nämlich der Imagination der männlichen Hauptfigur. Erst eine der beiden *Musikdosen*-Varianten, vermittelt durch einen Ich-Erzähler, schärft den Sinn für das Gewicht der auktorialen Erzählposition der Buchfassung.

14 Wie aus verschiedenen Geschichten hervorgeht, hat Bichsel für den Druck oft die verknappte Variante bevorzugt.

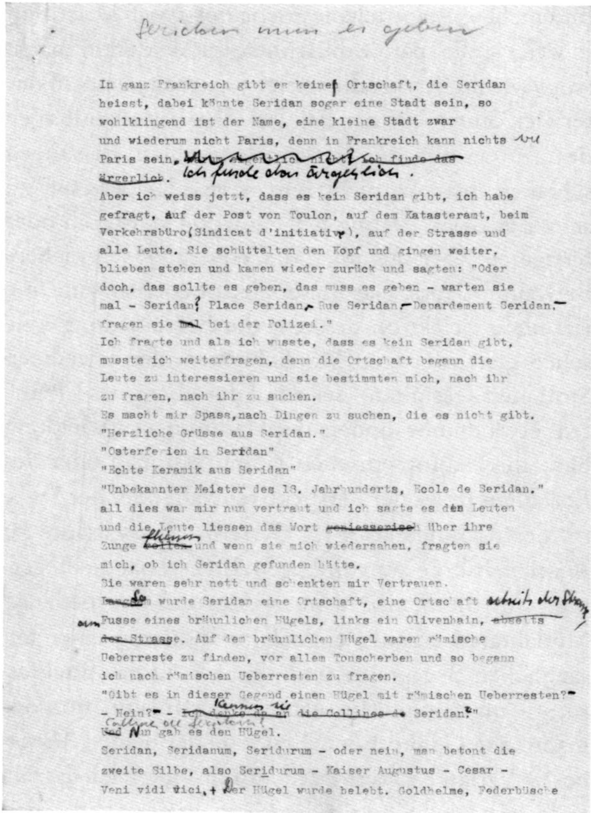

Seridan muss es geben

In ganz Frankreich gibt es keine Ortschaft, die Seridan
heisst, dabei könnte Seridan sogar eine Stadt sein, so
wohlklingend ist der Name, eine kleine Stadt zwar
und wiederum nicht Paris, denn in Frankreich kann nichts wie
Paris sein. ~~Warum eigentlich nicht? ich finde das~~
~~ärgerlich~~. Ich finde das ärgerlich.
Aber ich weiss jetzt, dass es kein Seridan gibt, ich habe
gefragt, auf der Post von Toulon, auf dem Katasteramt, beim
Verkehrsbüro (Sindicat d'initiative), auf der Strasse und
alle Leute. Sie schüttelten den Kopf und gingen weiter,
blieben stehen und kamen wieder zurück und sagten: "Oder
doch, das sollte es geben, das muss es geben – warten sie
mal – Seridan? Place Seridan, Rue Seridan – Departement Seridan. –
fragen sie ~~mal~~ bei der Polizei."
Ich fragte und als ich wusste, dass es kein Seridan gibt,
musste ich weiterfragen, denn die Ortschaft begann die
Leute zu interessieren und sie bestimmten mich, nach ihr
zu fragen, nach ihr zu suchen.
Es macht mir Spass, nach Dingen zu suchen, die es nicht gibt.
"Herzliche Grüsse aus Seridan."
"Osterferien in Seridan"
"Echte Keramik aus Seridan"
"Unbekannter Meister des 18. Jahrhunderts, Ecole de Seridan."
all dies war mir nun vertraut und ich sagte es den Leuten
und die Leute liessen das Wort ~~geniesserisch~~ über ihre
Zunge ~~rollen~~ fliessen und wenn sie mich wiedersahen, fragten sie
mich, ob ich Seridan gefunden hätte.
Sie waren sehr nett und schenkten mir Vertrauen.
~~Langsam~~ So wurde Seridan eine Ortschaft, eine Ortschaft abseits der Strasse,
am Fusse eines bräunlichen Hügels, links ein Olivenhain, ~~abseits~~
~~der Strasse~~. Auf dem bräunlichen Hügel waren römische
Ueberreste zu finden, vor allem Tonscherben und so begann
ich nach römischen Ueberresten zu fragen.
"Gibt es in dieser Gegend einen Hügel mit römischen Ueberresten?" –
– Nein?" – Kennen sie ~~Ich denke da an die Collines de~~ Seridan?"
Colline oder Seridanum?
~~Und~~ Nun gab es den Hügel.
Seridan, Seridanum, Seridurum – oder nein, man betont die
zweite Silbe, also Seridurum – Kaiser Augustus – Cesar –
Veni vidi vici, + Der Hügel wurde belebt. Goldhelme, Federbüsche

Handschriftlich korrigiertes Typoskript, *Seridan muss es geben*, Seite 1 von 2; Archiv Peter Bichsel, Schweizerisches Literaturarchiv Bern, Sig. A–1–b/30

Das verfügbare Archivmaterial geht aber weit über diese Varianten der bekannten 21 Geschichten hinaus. Es zeigt, dass das *Milchmann*-Projekt zunächst einen weit größeren Umfang hatte. Das erhaltene Konvolut umfasst auf 78 Seiten nicht weniger als 28 weitere Prosastücke (teils in mehreren Versionen) sowie zwei Gedichte. Diese – teils annotierte Entwürfe, teils saubere Fassungen – wurden bei der Finalisierung des Manuskripts nicht berücksichtigt. Der Autor und der Verleger hatten sich 1963/64 wohl auch aus Rücksicht auf die Umfangsvorgaben der Walter-Drucke auf eine Auswahl verständigt.[15] Wenige weitere Texte sind in den 1960er Jahren in diesem oder anderem Wortlaut andernorts erschienen,[16] die Mehrheit der 14 *weiteren Geschichten* wird hier jedoch erstmals zugänglich. Seite an Seite mit der originalen Auswahl schärfen sie den Blick für deren relative Einheitlichkeit, sei es der Handlungszusammenhänge, sei es der Darstellungsmodi. Mag sein, dass Geschichten wie *Eine Geschichte* oder auch *Sintflut* nicht berücksichtigt wurden, weil sie von Einmaligem und nicht von Routinen handeln. Mag sein, dass *Die Mädchen*

15 Otto F. Walter spricht in einer Aktennotiz zum Manuskript (20.6.1963) von »23 Miniatur-Geschichten«. Schweizerisches Literaturarchiv Bern (SLA), Sig. SLA-Baenziger-Bichsel-A-3-MIL-1963.

16 *Der Linksaußen* erschien in der *Kunstmappe 1965* (Genossenschafts-Druckerei Olten 1965, S. 20); die Miniatur *Seridan gibt es nicht* ging ein in Kapitel 5 von *Die Jahreszeiten* (Neuwied: Luchterhand 1967, S. 88f.); *In seinem Gedächtnis* wurde zu einer Kolumne in »Die Tat« (23.2.1963).

sind blöd außen vor blieb, weil die weitgehend dramatische Form der gewünschten Dichte des ausdrücklichen Sagens (»sagte er«, »sagte sie«) widersprach.

Die Erweiterung des originalen *Milchmann*-Bandes ist insofern eine doppelte: Neben die interne Erweiterung um ausgewählte Varianten tritt die externe um ›neue‹ Geschichten. Beide geben auf ihre Weise Anlass, sich Bichsels Erfolgsbuch und die frühen Ausprägungen seines lebenslangen erzählreflexiven Erzählens neu zu vergegenwärtigen. Durch die vorliegende Ausgabe – 60 Jahre nach dem Walter-Druck – hat der Eröffnungssatz von Werner Webers begeisterter NZZ-Rezension einen neuen Sinn gewonnen: »Es ist schön, junge Autoren an der Arbeit zu sehen.«[17]

Andreas Mauz / Beat Mazenauer

17 Weber: Peter Bichsel, S. 1.

Editorische Nachbemerkungen

Die vorliegende Ausgabe bietet im ersten Teil (*21 Geschichten*) den Text der Erstausgabe von *Eigentlich möchte Frau Blum den Milchmann kennenlernen. 21 Geschichten* (Olten: Walter-Verlag 1964). Im zweiten Teil (*Varianten*) wie im dritten (*Weitere Geschichten*) folgt sie dem Wortlaut der Typoskripte aus dem *Milchmann*-Konvolut im Archiv Peter Bichsels (Schweizerisches Literaturarchiv SLA, Bern; Sig. A-1-b). Die Ausgabe erhebt nicht den Anspruch einer wissenschaftlichen Edition, es handelt sich um eine Leseausgabe.

Handschriftliche Korrekturen in den jeweiligen Archivalien wurden unbesehen übernommen. Die Herausgeber haben nur geringfügig in den Text eingegriffen:

Die folgenden Titel im dritten Teil wurden in Aufnahme der jeweiligen Textanfänge ergänzt: *Zu schreiben wäre noch*, *Die Mädchen sind blöd*, *Der Lehrling*, *Jetzt sollte man wirklich Geige spielen können*.

Offensichtliche orthographische Fehler wurden stillschweigend korrigiert. Das schweizerische Doppel-ss wurde der aktuellen Rechtschreibung entsprechend durch das deutsche ß ersetzt.

Die Interpunktion wurde behutsam den geltenden Regeln angeglichen. Peter Bichsels teilweise freie Kommasetzung wurde jedoch weitgehend übernommen. Kommata wurden nur ergänzt, wo dies das Verständnis zu erleichtern schien.

Die Herausgeber danken an erster Stelle Peter Bichsel für seine Unterstützung der *Milchmann*-Neuausgabe. Rudolf Probst (Schweizerisches Literaturarchiv SLA, Bern) ist zu danken für die Hilfe bei den Archivarbeiten. Hans-Ulrich Müller-Schwefe (Suhrkamp Verlag) und seinen Kolleg:innen gilt ein Dank für die zuverlässige Begleitung der Drucklegung.

Inhalt

21 Geschichten

Varianten

Weitere Geschichten

Bibliothek Suhrkamp

Alphabetisches Verzeichnis